La République d'Užupis

Du même auteur :

Les Hirondelles dans mon tiroir,
e-plumes.net, poèmes, 2015

Des mêmes traducteurs :

Kim Un-su, *Les planificateurs,* Éditions de l'Aube, 2016
Kim Un-su, *Le placard*, Éditions Ginkgo, 2013
Kim Young-ha, *Quiz show*,
Éditions Philippe Picquier, 2012

SAP 017

Haïlji

La République d'Užupis

Traduit du coréen
par Choi Kyungran et Pierre Bisiou

roman

LE SERPENT À PLUMES

Ouvrage publié avec le concours de
l'Institut coréen de la traduction littéraire (LTI Korea), Séoul

Première publication : Minumsa, Séoul, 2009
sous le titre original 우주피스 공화국

ISBN 979-10-94680-35-3

Jonas, le chauffeur de taxi

Un Asiatique est descendu de l'avion. Dans son uniforme kaki, la jeune femme du bureau de l'immigration a semblé surprise. Cet étonnement disait assez combien il était inhabituel de voir débarquer des Asiatiques par ici.

Avec un sourire aimable, l'homme a présenté son passeport. La jeune femme en uniforme kaki a scruté chaque page, décrochant son téléphone après avoir achevé son examen. Quelque chose n'allait pas, semblait-il, et la jeune femme a composé rapidement un numéro. Après une brève discussion, elle s'est retournée vers l'homme.

« Monsieur Hal, je vais vous demander d'attendre un instant, s'il vous plaît. »

Peu après sont arrivés deux douaniers. Également porteurs d'uniformes kaki, ils arboraient en plus un pistolet au côté. L'un d'entre eux était un géant de presque deux mètres.

Les douaniers ont commencé à examiner ce monsieur Hal, cet Asiatique qui se tenait devant eux. C'était un homme dans la quarantaine, de belle allure, avec un visage soigné et une tenue élégante. Son expression était calme et réfléchie, son attitude distinguée.

« *Your boarding pass, please* », a demandé l'un des douaniers, le géant.

Hal a paru ne rien comprendre. Non seulement l'accent du géant était difficile à saisir, mais qu'on lui demande sa carte d'embarquement au bureau d'immigration le rendait perplexe. D'autant plus perplexe qu'il était le seul passager auquel une telle requête était faite, les autres passagers étant accueillis chaleureusement.

« *Boarding pass, boarding pass* », a insisté l'autre douanier, main tendue.

D'une voix polie mais ferme, Hal a alors répondu qu'il s'étonnait de leur demande, que sa carte il l'avait déjà donnée à un membre de la compagnie aérienne, à l'embarquement, à Amsterdam. Face à lui, la mine des douaniers s'était allongée. Manifestement, leur maîtrise de l'anglais ne leur avait pas permis de saisir la réponse de Hal. La jeune femme du bureau de l'immigration est intervenue.

« Vous voyagez sans visa. En ce cas, vous ne pouvez rester plus de quinze jours chez nous. Et pour vous laisser entrer il nous faut la preuve que vous repartirez avant ce délai. C'est pourquoi nous devons vérifier sur votre billet la date de votre retour à Amsterdam. »

Hal a haussé les épaules.

« Mais je n'ai pas de billet retour. Pour une raison très simple, je ne compte pas revenir sur Amsterdam mais me rendre dans un autre pays. Vous n'allez tout de même pas me refuser l'entrée ici au seul motif que je n'ai pas pris un aller-retour ? »

La jeune femme en uniforme kaki a traduit aux deux douaniers la réponse de Hal et ils se sont mis à parler entre eux, l'air préoccupé. Au terme de leur discussion, ils ont donné leurs instructions à la jeune femme qui s'est tournée vers Hal pour les transmettre :

« Quand pensez-vous quitter le pays ?

— Sans tarder. Probablement aujourd'hui même. »

Sidérée par la réponse, elle l'a tout de même rapportée aux deux hommes. Ils ont alors posé une question que leur collègue a traduite :

« Quelle est votre prochaine destination ?

— La République d'Užupis. »

Sa réponse a été aussitôt transmise aux douaniers qui se sont remis à échanger assez longuement entre eux. Au terme de ce débat, apparemment parvenus à une décision, ils ont communiqué leurs directives à la jeune femme. Après quoi ils ont quitté les lieux.

La jeune femme en uniforme kaki a rempli un formulaire et a demandé à Hal de le signer. Quand il s'est exécuté, la femme a apposé le tampon du bureau de l'immigration sur son passeport.

« Si vous ne quittez pas le pays dans les quarante-huit heures, vous devrez vous présenter au bureau des ressortissants étrangers, au ministère des Affaires étrangères, pour le signaler. Voici l'adresse », a dit la jeune femme en lui rendant son passeport avec un double du formulaire.

Hal a pris le passeport et le papier et a remercié la jeune femme. Au moment où il franchissait la zone d'arrivée, celle-ci, comme prise d'un doute subit, l'a interpellé :

« Vous avez dit que vous alliez vous rendre en République d'Užupis ? »

Hal a répondu que oui alors la jeune femme a demandé :

« Mais c'est où, ça ? »

Hal lui a retourné un regard étonné.

Quand Hal, passant par le bureau de change, est sorti du terminal de l'aéroport, il neigeait dehors, l'air était glacial et humide. Hal a semblé surpris par ce froid soudain et il a passé à la hâte le manteau qu'il tenait à son bras. C'était un manteau élégant et de belle qualité mais qui paraissait bien léger pour l'hiver qui régnait ici. À croire qu'il ignorait les rigueurs du climat local.

Peu fréquentée, la place qui s'étendait devant le terminal ne payait pas de mine, on aurait dit la place de gare d'une bourgade de province. Une petite dizaine de taxis jaunes alignés attendaient le client ; plus loin un car bleu stationnait, moteur allumé. Le sol était entièrement verglacé. Au-delà de la place se déployait une forêt de bouleaux. Déconcerté, Hal restait figé. Jamais il n'avait vu un aéroport international aussi petit ni aussi misérable.

« Bonjour, où est-ce que je vous emmène ? » a demandé un chauffeur en s'approchant de Hal.

Il devait avoir la petite cinquantaine en dépit de cheveux déjà entièrement blancs. Il parlait un anglais presque sans accent, parfaitement intelligible.

« À Užupis.

— Užupis ? a répété le chauffeur, comme s'il entendait ce nom pour la première fois.

— Oui, à la République d'Užupis.

— La République d'Užupis ? »

Visiblement perplexe, le chauffeur avait à nouveau répété après Hal. Alors celui-ci a sorti une carte postale de sa poche et lui a tendue.

« Voici l'adresse. Ça ne doit pas être très loin, regardez le cachet de la poste, *Vilnius*, *Lituanie*. Vous voyez ? »

Le chauffeur a sorti des lunettes de lecture et les a mises sur son nez. Il a pris la carte postale que lui présentait Hal et l'a examinée minutieusement. Après quoi il s'est dirigé vers ses collègues regroupés plus loin autour de leurs véhicules. Leur montrant la carte, il s'est enquis auprès d'eux de la destination. Les chauffeurs de taxi qui piétinaient dans le froid en attendant le client se sont mis à discuter entre eux, la carte de Hal sous les yeux. De temps en temps, ils jetaient des coups d'œil furtifs du côté de Hal. Ce dernier, saisi par le froid, avait posé sa valise sur le sol gelé, redressé son col, sorti ses gants de son manteau et les avait enfilés. Il promenait son regard aux alentours.

La neige tombait doucement et le crépuscule s'annonçait. Les bouleaux qu'il apercevait au loin semblaient flotter dans l'air. La ville devait se trouver quelque part derrière cette forêt. Ayant chargé ses derniers passagers, le car bleu quittait la place dans cette direction. Du fait de la neige sans doute, il donnait l'impression de disparaître lentement en flottant dans le vide. Après son départ, la petite place est devenue silencieuse, comme déserte.

Soudain un appel a retenti :

« Jurgita ! »

Une voix avait crié. Son ton était si déchirant que Hal, stupéfait, s'est retourné en sursaut.

Là se tenait une femme, une belle jeune femme aux cheveux blonds, le visage empreint d'une profonde mélancolie. Elle devait sortir tout juste de l'aéroport. Un paysan, plus âgé, avec de l'embonpoint et qui tenait une oie énorme contre sa poitrine, courait vers elle. C'est-à-dire que la voix qui venait de crier « Jurgita! » de ce ton déchirant provenait de ce paysan qui courait avec une oie dans les bras, tandis que celle qui avait été interpellée par ce « Jurgita! » était cette belle jeune femme. La scène de la rencontre entre cette jeune femme gracieuse et ce paysan grotesque avait quelque chose de surréaliste. La neige n'avait pas cessé de tomber.

« *OK, let's go!* » a dit le chauffeur revenu vers Hal, en lui rendant sa carte.

Il a ouvert la malle arrière de la voiture et y a rangé la valise de son client. Littéralement ensorcelé, Hal ne pouvait détacher son regard du paysan et de Jurgita. Le paysan, à mesure qu'il se rapprochait de la jeune femme, semblait fondre en larmes, submergé par l'émotion, tandis que Jurgita se tenait immobile, toujours plongée dans sa mélancolie. C'était la scène d'une princesse retrouvant son pays après un long exil, elle était partie après la chute de son royaume et était accueillie par un ancien serviteur du palais devenu paysan.

« Allez, montez », a dit le chauffeur.

Hal a jeté un denier regard vers Jurgita avant de prendre place dans la voiture.

C'était un vieux taxi et, le froid n'arrangeant rien, le chauffeur n'arrivait pas à démarrer. Après quelques échecs, il a ouvert sa porte, a sorti sa jambe gauche, a pris appui sur le verglas et s'est mis à pousser énergiquement.

Au bout de quelques mètres le moteur a miraculeusement démarré. Le chauffeur s'est empressé de rentrer son pied, a claqué la porte et la voiture est partie.

La première image que Hal a pu apercevoir par la fenêtre du taxi était le groupe des chauffeurs en attente de clients. Ces braves gars, grands, bien bâtis mais tremblant de froid, épaules contractées, jetaient un regard distrait sur la voiture qui l'emmenait.

L'image suivante, c'était Jurgita, le paysan et son oie. Elle était à la même place, avec la même expression mélancolique. Le paysan avait déposé son oie sur le sol glacé et saisissait ses bagages. Comme le taxi s'éloignait, Hal s'est tourné vers la vitre arrière pour regarder encore Jurgita, fasciné par l'intensité de sa beauté. À cet instant, Hal a eu le sentiment qu'elle regardait aussi de son côté. Il n'en était toutefois pas certain. L'image de Jurgita a disparu. Le taxi glissait maintenant vers les bouleaux.

Traversant la forêt, le chauffeur a allumé la radio. C'était une émission en lituanien et Hal n'en comprenait pas un mot. Il a vaguement supposé qu'il s'agissait d'un journal d'informations.

Au sortir de la forêt, le taxi est arrivé dans un paysage de banlieue. Des silhouettes grises commençaient à se dévoiler ici et là, il aurait pu s'agir d'immeubles d'habitations ou de bâtiments industriels. Ces fantômes désolants semblaient pourtant flotter doucement sous la neige et le soir qui tombaient. La perspective d'arriver prochainement à destination excitait Hal et il observait avec bonne humeur le paysage qui se dessinait derrière la fenêtre.

Après avoir roulé vaillamment une dizaine de minutes, le taxi s'est mis d'un coup à ralentir et le chauffeur s'est engagé dans une voie secondaire. La circulation étant rare, la chaussée restait recouverte par la neige. Des deux côtés de la route s'étendaient des terrains vagues eux aussi enneigés, au-delà on distinguait des immeubles sombres.

En voyant le taxi bifurquer dans cette zone plus ou moins déserte, Hal a froncé les sourcils. Le chauffeur, qui semblait si sûr de lui au moment de quitter l'aéroport, avait aussi changé d'expression. S'était-il égaré ? Il regardait à droite, à gauche, interrogeait chaque panneau. La route ne présentait pourtant aucune difficulté, pas du genre où on pourrait se perdre, néanmoins le chauffeur a fini par se garer au beau milieu et a demandé :

« Dites, vous pourriez me remontrer l'adresse, s'il vous plaît ? »

De sa poche, Hal a ressorti la carte postale et lui a passée. Sans se soucier d'être garé en pleine voie, le chauffeur a pris ses lunettes et a examiné la carte très attentivement. Après un bon moment, il a ôté ses lunettes, les a rangées, a redémarré et s'est mis à rouler lentement. Il donnait l'impression de s'attendre à chaque instant à tomber sur l'adresse de son client, continuant de regarder à droite et à gauche et à guetter tous les panneaux. Pour sa part, Hal ne savait plus que penser en suivant le manège du chauffeur. De toute évidence, ce dernier était en train de chercher la République d'Užupis en pleine zone industrielle. En attendant, la somme qu'affichait le taximètre grimpait inexorablement. Pour la seconde fois, le chauffeur a arrêté son taxi au beau milieu de la route et a serré le frein à main.

« Je reviens tout de suite. »

Ayant dit, le chauffeur est sorti de sa voiture et, bravant la neige du terrain vague, s'est dirigé vers un immeuble délabré. Décidément, il avait l'intention de faire payer à son client un prix record, s'est dit Hal.

Le chauffeur a marché vers trois hommes qui stationnaient devant le bâtiment et ils ont commencé à parler ensemble. Resté seul dans le taxi, Hal souriait comme si, ayant percé à jour le jeu du chauffeur, il attendait de voir l'ampleur que prendrait l'arnaque. La radio diffusait toujours cette émission dont il ne comprenait pas le moindre mot et le compteur du taxi continuait d'égrainer ses tic-tac. Sur le compteur, l'horloge indiquait seize heures quarante-sept. Hal, réalisant seulement l'heure qu'il était ici, a enlevé sa montre pour la régler. Il a toussé. L'intérieur du taxi était humide et froid. La voiture datait pas mal et le chauffage fonctionnait manifestement de façon très approximative.

À cet instant, Hal a remarqué un homme très grand, la cinquantaine passée, qui traversait avec peine le terrain vague, portant sur ses épaules une vieille, une imposante horloge. Vêtu de hardes, il paraissait exténué, comme s'il avait déjà parcouru une grande distance avec ce lourd fardeau. Très étrange était le spectacle de cet homme dont les pas lourds s'enfonçaient dans la neige et qui semblait porter un cercueil sur son dos. Fasciné, Hal ne pouvait détacher ses yeux de la scène.

Entre-temps, le chauffeur regagnait leur voiture. En chemin, dans le champ de neige, il a croisé l'homme à l'horloge mais n'a pas paru s'en apercevoir. L'homme à l'horloge n'a pas semblé non plus remarquer le chauffeur de taxi. Sans échanger ni salut ni regard, ils se sont croisés, chacun suivant son chemin.

« *Sorry* », a dit le chauffeur en reprenant place.

Il venait de redémarrer quand un autre taxi, venant en sens opposé, est apparu. Le chauffeur de Hal, profitant de l'occasion, a derechef coupé son moteur. Serrant le frein à main, il a baissé sa vitre et a passé le bras et la tête à l'extérieur en faisant signe à son collègue. L'autre s'est arrêté à sa hauteur. La fenêtre côté conducteur s'est abaissée laissant voir un visage jeune. Dans une langue à laquelle Hal ne comprenait pas un mot, les deux hommes ont entamé une discussion. Le chauffeur de Hal a passé à l'autre la carte postale. Le jeune l'a longuement étudiée puis est sorti de sa voiture. Le chauffeur de Hal a fait de même et leur conciliabule s'est poursuivi sur la chaussée. À un moment, le jeune a ouvert son portable pour passer un appel. Leur conversation semblait ne jamais devoir prendre fin. Et le chiffre sur le compteur continuait de gonfler. Hal qui patientait toujours dans le taxi a fini par céder à la fatigue, sa tête tombant et retombant, vaincue par la somnolence. Il subissait probablement l'effet du décalage horaire. Se ressaisissant il s'est secoué vigoureusement pour chasser le sommeil et a bâillé longuement.

« *Okay !* »

Hal a juste entendu l'exclamation du chauffeur de taxi en sortant de sa torpeur. Combien de temps s'était-il écoulé ? Le ciel était gagné par la pénombre. Hal a lancé dans le dos du chauffeur, d'un ton qui montrait que cette fois il avait perdu patience : « Je crois que vous avez assez joué maintenant, oui ? Il est temps de prendre la bonne route, allez. »

À cette marque d'exaspération, l'embarras du chauffeur était presque palpable. Pourtant il a feint de n'avoir pas compris et s'est abstenu de répondre. Au lieu de cela, il a démarré et fait rapidement demi-tour. À nouveau les paysages désolés et déserts ont défilé derrière les vitres mais Hal cette fois regardait sans émotion ce décor étranger. Dehors, la nuit était complète.

Ils ont encore roulé un certain temps dans l'obscurité. Sur le chemin ils ont dû s'arrêter à un passage à niveau. Un train de marchandises, noir, courait sur les rails. Le train était long, interminable, Hal s'est rendormi sur son siège.

Combien de temps s'était-il écoulé ? Hal s'est réveillé en sursaut. Dehors brillaient les lumières d'un centre-ville, mais un centre-ville où la neige avait tout recouvert et les rues étaient vides.

Le taxi a fait le tour d'une place qui faisait face à un bâtiment ancien, blanc, tout illuminé. Hal a interrogé le chauffeur au sujet de cette bâtisse. D'une voix bourrue, l'autre a répondu qu'il s'agissait du centre culturel municipal. Hal s'est demandé si le chauffeur ne lui en voulait pas d'avoir interrompu son petit jeu.

Ayant fait le tour de la place face au centre culturel municipal, le taxi s'est engagé dans une ruelle sombre et étroite. Plus loin, ils ont franchi un pont. Juste avant le pont, Hal a pu lire sur un panneau : Aéroport 6 km. Pour parcourir six malheureux kilomètres, ils avaient tourné et retourné pendant plus d'une heure.

Le pont franchi, le taxi s'est arrêté. Cette fois, ils devaient être parvenus à destination. Le chauffeur est descendu de sa voiture et a ouvert le coffre pour prendre la valise. Hal est sorti à son tour.

Ils se trouvaient dans une rue comme il ne pouvait en exister de plus déserte et tout juste éclairée par un faible lampadaire. Dans cette pâle lumière tombaient infiniment les flocons de neige.

« Ça fait quatre-vingts litas, mais je ne vous compte que soixante vu qu'on s'est un peu perdus en route », a déclaré le chauffeur après avoir posé au sol la valise de Hal.

Hal n'a pas répondu. Dubitatif, il promenait son regard sur les alentours. Le chauffeur a poursuivi sur un ton d'excuse :

« Ne croyez pas que c'était intentionnel. Je suis professeur à l'université, je fais le taxi à titre secondaire. C'est pour ça, je ne connais pas bien toutes les rues. »

Qu'il ne connaisse pas bien les rues, c'était sans doute pure invention, en revanche qu'il soit professeur à l'université, oui, c'était plausible. Sa maîtrise de l'anglais était sans doute très supérieure à celle d'un chauffeur de taxi lambda.

« Nous ne sommes pas en Užupis », a dit Hal d'une voix contenue.

Du doigt, le chauffeur a désigné l'immeuble vétuste de trois étages qui se trouvait à côté d'eux. La voix pleine d'assurance, il a affirmé :

« Si, aucun doute, c'est bien ici. Tenez. »

Au mur de l'immeuble que montrait le chauffeur clignotait en lettres de néon une enseigne modeste : Hôtel Užupis. En découvrant cela Hal, consterné, frappant son front de la paume, s'est écrié : « J'ai dit République d'Užupis, pas Hôtel Užupis ! »

Visiblement, le chauffeur de taxi était très embarrassé, il semblait réaliser toute son erreur. Mais Hal s'est aussitôt ressaisi, a sorti un billet de cent litas qu'il lui a tendu.

« Eh bien, peu importe. De toute façon il se fait tard, autant passer la nuit ici et repartir demain. »

Les traits du chauffeur se sont détendus. Rassuré, il s'est mis à fouiller sa poche pour y chercher la monnaie.

« Ça va, gardez le reste en pourboire, hein, en considération de votre magnifique *play* », a lancé Hal, secouant la main pour dire qu'il en avait assez.

Le chauffeur a d'abord paru incrédule, mais l'instant d'après son visage est passé de l'incompréhension à l'extase.

« Oh merci, merci mille fois, vous êtes vraiment généreux, vous êtes un vrai gentleman, monsieur », a-t-il balbutié en s'inclinant devant Hal.

Pour autant, ce dernier n'avait pas l'air flatté du tout.

« Si vous voulez vous rendre en République d'Užupis, je vous y emmènerai demain matin. Ça tombe bien, je n'ai pas de cours demain matin. »

Le chauffeur a sorti sa carte de visite et l'a offerte à Hal.

« Je m'appelle Jonas. Puis-je vous demander votre nom ?

— Hal.

— Ah, monsieur Hal, nous sommes vraiment amis maintenant. »

Sur cette déclaration, le chauffeur est rentré dans son taxi et a démarré comme un fugitif dans la nuit.

Après son départ, Hal est resté un moment dans la rue déserte à observer les alentours. Avec la neige qui ne cessait de tomber, avec l'obscurité dense, il ne distinguait pas grand-chose. Néanmoins, debout sous cette neige, il continuait à regarder la rue. Enfin il a soulevé sa valise et a poussé la porte de l'Hôtel Užupis.

Les gens de l'Hôtel Užupis

L'Hôtel Užupis était une auberge typiquement européenne, avec son restaurant-bar au rez-de-chaussée et les chambres aux deux étages supérieurs.

Hal ayant poussé la porte d'entrée s'est retrouvé dans une salle sombre. Une voix au timbre assez particulier chantait une chanson, un timbre proche du soprano mais finalement différent. Attiré par la voix, Hal a promené son regard dans la salle.

Elle était remplie de monde et au-dessus des têtes flottaient des nuages de fumée montant des cigarettes. Hal qui n'avait rencontré pratiquement personne depuis son départ de l'aéroport n'en revenait pas de voir soudain une telle foule.

Détaillant la pièce, il a aperçu vers le fond un homme très maigre juché sur une planche et qui jouait d'un instrument ancien, un instrument du Moyen Âge, aurait-on dit. Au centre, quelques couples dansaient lentement au rythme de la musique.

Si la salle était comble, elle restait relativement tranquille et seule la musique se faisait entendre. En premier lieu on aurait pu croire à un récital, mais ce n'était sans doute pas cela, ce n'était pas ce genre d'ambiance. Ici les gens arboraient pour la plupart un visage grave, ils sirotaient leur verre, tiraient sur leurs cigarettes en regardant distraitement les danseurs.

Après un bref tour, Hal a trouvé une table libre et s'est installé.

À peine s'était-il assis que ses voisins proches se sont tournés dans sa direction. Rien d'étonnant à cela, après tout un Asiatique couvert de neige venait d'entrer en traînant une lourde valise. Un groupe de cinq hommes et femmes qui buvaient à une table voisine s'est mis à l'observer avec une curiosité particulière. Une femme, la petite trentaine, a même esquissé un geste de surprise en voyant Hal. C'était une femme avec de grands yeux et des cheveux noirs qui contrastaient avec son visage très pâle.

Un serveur s'est présenté à la table de Hal et ce dernier a d'abord réservé une chambre – heureusement, il en restait de disponibles – avant de commander un verre de pálinka.

Il avait demandé ça au hasard. Alors qu'il roulait des yeux vers les tables voisines pour chercher quoi boire, l'une des cinq personnes attablées à côté, un colosse arborant une barbe rousse, avait levé son verre rempli d'un liquide cramoisi dans sa direction, pouce levé. Son geste, son expression espiègle, le sourire qui l'accompagnait, tout cela avait plu à Hal qui avait interrogé le serveur :

« Dites, quelle est cette boisson ?
— Pálinka.
— Donnez-moi la même chose. »

Lorsque Hal a passé sa commande, les personnes de la table voisine ont éclaté de rire et le bonhomme avec la barbe rousse a fait un signe « OK! » du pouce et de l'index en sa direction. Hal a répondu d'un sourire en inclinant légèrement la tête. La pálinka devait être la boisson locale, s'est-il dit.

Pour autant, personne à la table voisine n'avait encore osé lui adresser la parole. Peut-être n'avaient-ils pas l'esprit assez ouvert pour entamer une conversation avec un étranger ? En tout cas, ils étaient intrigués, jetaient des coups d'œil furtifs à Hal et chuchotaient entre eux. Hal a toutefois remarqué que la femme aux grands yeux et au teint pâle, celle-là même qui avait eu cette marque d'étonnement à son entrée, restait silencieuse, fumant sa cigarette avec application. Elle n'en était pas moins attentive à sa présence car Hal sentait de temps à autre ses grands yeux se poser sur lui.

Un peu plus tard, le garçon est revenu vers Hal avec la clef de sa chambre et un verre de pálinka. Il a demandé si Hal souhaitait qu'il lui monte sa valise et Hal a dit que non, merci, ce n'était pas la peine. Tandis qu'il répondait ainsi au garçon, Hal serrait la poignée de son bagage comme s'il contenait quelque trésor. Le garçon a répondu que c'était comme il le souhaitait et s'apprêtait à repartir quand Hal l'a retenu d'une question :

« Dites-moi, d'où vient le nom de votre hôtel, Hôtel Užupis ? »

Pour toute réponse à cette question inattendue, le serveur s'est contenté de hausser les épaules. Hal a poursuivi :

« Il date de quand au juste ? »

Nouveau haussement des épaules de son vis-à-vis qui a toutefois ajouté :

« Je ne sais rien de ces choses. Faut que je demande au patron. »

Le garçon est reparti vers le bar où se trouvait un gros type d'âge moyen et a commencé à lui parler. Au cours de leur conversation, à deux ou trois reprises, le serveur a indiqué son client du doigt et l'autre lui a répondu en jetant de rapides coups d'œil à Hal. Vu la scène, ce gros type d'âge moyen était probablement le propriétaire de l'hôtel.

Après quoi le serveur est revenu vers Hal.

« Le patron ne sait pas non plus de quand date l'hôtel ni pourquoi il porte ce nom. Il y a eu plusieurs propriétaires successifs. Il m'a quand même dit que, selon lui, l'hôtel aurait au moins deux cents ans. Des archives prouvent que lorsque Napoléon a fait halte en ville, en marchant sur la Russie, ce bâtiment a servi de dortoir aux officiers de cavalerie. C'est ce que m'a dit le patron. »

À la table d'à côté, une des femmes s'est mise à pouffer en entendant l'explication du serveur, comme s'il s'agissait d'une bonne blague. La petite trentaine, elle portait des lunettes rectangulaires en corne noire. Était-ce à cause de ces lunettes, toujours est-il qu'elle donnait l'impression d'une personne droite et intelligente. Elle aurait pu être professeure de mathématiques dans un lycée. Quoi qu'il en soit, sa manière de rire laissait clairement entendre que rien de ce qu'avait dit le serveur ne devait être pris au sérieux. Malgré cela, Hal l'a remercié. Le serveur, l'air penaud, a brièvement répondu : « Je vous en prie. »

Après son départ, la jeune femme qui aurait pu être professeure de mathématiques s'est penchée vers Hal pour lui expliquer :

« Ce qu'il vient de vous raconter, là, c'est un tissu de mensonges. Cet hôtel est postérieur à l'indépendance de la Lituanie. Probable qu'il a été construit avec des fonds de la mafia russe. Il faut toujours qu'ils racontent n'importe quoi aux touristes japonais dans votre genre. »

Comme s'il comprenait l'argument, Hal a hoché la tête avant d'ajouter :

« Ah, par ailleurs je ne suis pas japonais. Ni touriste. Je suis juste en transit, de passage, avant de repartir pour la République d'Užupis. »

La femme a fait une mine incrédule et a redemandé :

« Vous dites que vous allez où ?

— À la République d'Užupis. »

Entendant cela, la jeune femme a éclaté d'un rire irrépressible. Ses voisins de table l'ont regardée sans comprendre. Elle leur a alors dit quelque chose en lituanien et les autres se sont mis à rire à leur tour et de bon cœur, au point que les clients des autres tables se sont retournés vers eux. Une seule personne a gardé son expression grave, la jeune femme au teint pâle et aux grands yeux, qui a continué de tirer sur sa cigarette.

Devenu tout d'un coup la risée de tant de gens, Hal ne savait quelle attitude adopter. La femme aux lunettes de corne noire qui ressemblait à une professeure est venue lui donner l'explication de cette hilarité générale.

« Si c'est Užupis que vous cherchez, vous y êtes déjà, c'est ici la République d'Užupis ! »

Ayant dit cela, elle est repartie d'un rire franc tandis que les autres, à l'exception de la femme au teint pâle et aux grands yeux, guettaient la réaction de Hal. Il a juste haussé les épaules, histoire de faire comprendre qu'il s'étonnait de n'être pas pris au sérieux.

C'est alors qu'un homme jeune, cheveux noirs, yeux noirs, est intervenu.

« Pardonnez notre apparente impolitesse, ne vous méprenez pas, si ce que vous avez dit a déclenché ces rires, il y avait une bonne raison. »

Peut-être à cause de ses yeux sombres, l'homme paraissait sérieux. Sa voix était posée, son anglais tout à fait compréhensible. Il a poursuivi :

« Les habitants de cette ville appellent ce quartier *Užupis*, en ce sens qu'il se situe “de l'autre côté de la rivière”. En vérité c'est le quartier le plus délabré de Vilnius, mais il y a quelque temps les artistes et les autres pauvres qui habitaient ici ont commencé, comme une blague, à appeler leur quartier la *République d'Užupis*. Ils ont poussé la plaisanterie jusqu'à déclarer l'indépendance de leur république le 1er avril, et ils la célèbrent chaque année depuis. C'est très connu à Vilnius, cette histoire. Le président de Lituanie en personne assiste à la cérémonie. Voilà, vous comprenez notre amusement quand vous avez déclaré que vous comptiez vous rendre dans cette république gaguesque. »

Hal avait écouté, la mine amère, les explications du jeune voisin. Puis il est resté silencieux. La femme aux lunettes de corne noire qui l'observait a ri de nouveau. Hal a attendu que son rire prenne fin avant de parler.

« Qu'il existe une république fantoche d'Užupis est sans doute très amusant. Mais l'endroit où je me rends n'est pas une république de pacotille, c'est la vraie République d'Užupis. »

Sortant de sa poche une carte postale, Hal leur a présentée en expliquant : « Voici une carte postale que l'on m'a envoyée de la République d'Užupis. »

La carte, une photographie en noir et blanc, représentait un château de style classique qui semblait surgir d'un lac. Il était plein de délicatesse et d'élégance et semblait tout de marbre bâti. Au pinacle, sur une flèche, flottait un drapeau. Au-delà du lac se déployaient des montagnes dont les sommets étaient couverts de neige éternelle, comme dans les paysages alpestres. Les quatre coins de la carte étaient usés, témoignant de son ancienneté.

Après avoir longuement examiné la carte postale, l'homme aux yeux noirs a fait une moue, manière de dire que ce château ne lui rappelait rien. Hal a précisé :

« C'est le palais présidentiel de la République d'Užupis. Voyez, c'est écrit là. »

En effet dans un coin de la carte était imprimé en petits caractères *Palais présidentiel de la République d'Užupis*. La femme aux lunettes de corne noire qui avait observé la carte avec le jeune homme semblait avoir perdu son envie de rire.

L'homme aux yeux noirs a montré à ses compagnons la carte de Hal avec quelques explications en lituanien. L'homme à la barbe rousse et un autre homme à côté de lui, un blond très maigre, se sont penchés sur la carte pour l'étudier à leur tour. Seule la femme au teint pâle et aux grands yeux continuait d'afficher son indifférence et de fumer.

Après un examen minutieux, l'homme à la barbe rousse a relevé la tête. Il s'est contenté d'un vague haussement d'épaules. Le blond maigre a également relevé la tête en suggérant : « Trakai ? », mais son voisin barbu n'y croyait visiblement pas. Voyant cela, Hal a interrogé l'homme aux yeux noirs :

« Où se trouve Trakai ? »

L'homme à la barbe rousse qui avait entendu Hal a remué lentement son index de droite à gauche en signe de dénégation, ajoutant en anglais avec un fort accent local :

« Pas *Trakai,* pas *Trakai.* »

Cet accent, certainement, a été la cause de l'hilarité générale qui a suivi. L'homme aux yeux noirs a développé pour Hal :

« Il y a, à une trentaine de kilomètres d'ici, un château médiéval qu'on appelle Trakai. Mais ce n'est pas celui de votre photo. Trakai est en briques rouges alors que celui-ci est en marbre manifestement. Et puis ici il y a ces montagnes, alors que nous n'en avons pas en Lituanie. Et enfin le drapeau, là, ce n'est pas le drapeau lituanien. »

Comme s'il venait de se rappeler quelque chose, Hal a retourné la carte en indiquant le timbre.

« Regardez, on voit mieux le drapeau ici. »

Le timbre représentait le buste d'une belle femme qui se tenait en majesté sur fond de ce fameux drapeau. Cette femme ressemblait à la Jurgita de l'aéroport.

L'homme aux yeux noirs a regardé longuement le timbre avant de faire circuler à nouveau la carte parmi ses compagnons, ne recevant en retour que moues déconfites ou haussements d'épaules. Seul l'homme à la barbe rousse a poussé un « Ah… ! » d'émerveillement, hommage probable à la beauté de la femme. Sa réaction a déclenché une nouvelle salve de rires assorties de quelques piques joyeuses.

« Bah, il faut croire que la République d'Užupis que vous cherchez n'est pas celle que nous connaissons », a conclu l'homme aux yeux noirs. Il semblait tout à fait sérieux.

Cette dernière remarque a eu sur Hal l'effet d'une mauvaise nouvelle, il a paru soudain comme égaré. L'homme aux yeux noirs a noté le changement d'expression de Hal, et lui a demandé :

« À propos, pourquoi êtes-vous venu ici, en Lituanie, au lieu d'aller directement en République d'Užupis ?

— C'est que j'ai entendu dire que la façon la plus simple de se rendre en Užupis était de passer par Vilnius. Qu'il suffisait d'un coup de taxi pour traverser la frontière. C'est d'ailleurs ce qui est écrit dans cette carte. »

Pour appuyer ses dires, Hal montrait le texte de la carte. L'homme aux yeux noirs s'est penché dessus mais a fini par soupirer, apparemment incapable de déchiffrer le texte écrit dans une langue qui lui était tout à fait inconnue.

« Honnêtement, s'il s'agit d'un endroit accessible par taxi en traversant la frontière, comme vous dites, c'est forcément ici, l'Užupis que vous cherchez », a conclu la femme aux montures noires.

Elle avait eu un sourire malicieux en lâchant ses mots et semblait prête à rire de nouveau mais en voyant la contrariété voiler le visage de Hal, elle s'est abstenue.

La conversation s'est arrêtée là-dessus et Hal est resté un moment muet, perdu dans ses pensées, avant de prendre son verre. Le voyant faire, l'homme à la barbe rousse a également levé le sien en faisant signe à Hal pour un toast. Hal a fait de même et a vidé son verre cul sec.

Contrairement à ce qu'il s'était imaginé, la pálinka était un alcool fort. Surpris, Hal a hoqueté et la table voisine s'est esclaffée derechef. L'homme à la barbe rousse, à croire qu'il avait attendu l'occasion depuis un moment, a tendu la main à Hal.

« Je m'appelle Layrynas. Et vous ? »

Lui rendant sa poignée de main, Hal s'est présenté :

« Hal.

— Hal ! Bienvenue en Lituanie ! » a claironné Layrynas à la barbe rousse.

À son tour, la femme aux montures de lunettes noires a tendu la main à Hal, toujours avec son air espiègle.

« Je suis Aiste. *Welcome to Republic of Užupis !* »

Hal lui a serré la main, puis l'homme aux yeux noirs s'est présenté, Alvydas, le jeune homme maigre blond à côté de Layrynas a fait de même, Marius. Enfin la jeune femme au teint pâle et aux grands yeux et qui semblait avoir une petite trentaine, a serré la main de Hal avec un simple :

« Vilma. »

Après ces salutations, Alvydas a invité Hal à rejoindre leur table, lequel a accepté aussitôt. Prenant son verre vide et sa grosse valise, il s'est assis parmi eux.

« Alors, vous venez d'où ? s'est enquise sa nouvelle voisine de table, Aiste.

— Je suis de Han. »

La réponse a impressionné toute l'assemblée.

« De Hun ? Fichtre, c'est un long chemin, a murmuré pour lui-même le maigre Marius.

— Hun ! Quel beau pays ! » a dit Layrynas à la barbe rousse.

Donc apparemment les Lituaniens disaient *Hun* pour *Han*.

« Bopa Tchiang », a murmuré Aiste, ce qui devait être une allusion à Jang Bopa, cette actrice de Han mondialement connue. Outre cette actrice, ils ont raconté pas mal de choses sur Han, comme quoi c'était un grand pays, que ce devait être magnifique d'y vivre, etc. C'est du moins ce que s'est imaginé Hal qui a déclaré :

« Pour ce qui me concerne, Užupis représente bien plus que Han.

— Au fait, pourquoi tenez-vous à vous rendre en Užupis ? a demandé Alvydas aux yeux noirs.

— Parce que c'est là-bas que je suis né et que je suis citoyen de ce pays. »

Après cette déclaration et comme si cela venait seulement de lui traverser l'esprit, Hal a sorti de sa poche une photographie. Il s'agissait d'un cliché ancien, en noir et blanc. Un homme d'âge moyen, assis, tout raide dans son costume austère orné d'une décoration officielle. À côté de lui se tenait, assise également, une femme distinguée, dans une toilette élégante. Devant le couple, un garçon de six ou sept ans et une petite fille, de cinq ou six ans. Derrière le couple, un trentenaire, grand, portant une belle moustache, prenait la pose. Les tenues, le décor, tout évoquait une famille de dignitaires de la fin du XIXe siècle.

« L'homme, là, c'est mon père. Il était ambassadeur de la République d'Užupis à Han. Évidemment, c'était il y a longtemps. Alors qu'il se trouvait à Han, notre patrie Užupis a été envahie et occupée par son voisin. Impossible pour mon père de rentrer dans son pays, il est resté en exil à Han. Aujourd'hui, Užupis a retrouvé son indépendance. C'est pour cette raison que j'ai voulu revenir. »

Même Aiste aux montures de corne noire était devenue grave. Comme pour elle-même, elle a murmuré :

« C'est-à-dire qu'il existe vraiment une République d'Užupis que nous ne connaissions pas ? »

À son tour le barbu Laurynas a commenté :

« C'est sûr, pas mal de pays ont acquis leur indépendance ces dernières années. Dont le nôtre, pardi, la Lituanie. Alors ça se peut bien que l'Užupis ait suivi le même chemin. »

Hal continuait sa présentation de tous les sujets sur la photographie, les indiquant l'un après l'autre.

« Cette dame, c'est ma mère. Cette fille, ma sœur. Et lui, c'est moi.

— C'est vous ce joli petit garçon ? » s'est exclamée Aiste, comme émerveillée, regardant tour à tour le cliché et Hal.

Lui continuait :

« Et puis c'est homme que vous voyez, là, c'est mon oncle. Je ne sais pas s'il est encore en vie. La photographie a été prise en Užupis ; peu après nous partions tous les quatre, sans mon oncle, dans le lointain pays de Han. »

Alvydas aux yeux noirs a traduit les propos de Hal pour Laurynas et Marius qui peinaient à suivre. C'est alors que Laurynas a dit à voix basse, dans son anglais maladroit :

« Vladimir Shatenovsky pourrait nous éclairer sur ce point. »

Alvydas a hoché la tête pour soutenir l'avis de Laurynas.

« Il a raison. Pour ce genre de choses, il n'y a que Shatenovsky qui puisse répondre. »

Hal a enchaîné aussitôt :

« Mais tout à fait ! Je crois me souvenir… Mon père avait mentionné ce nom, il me semble. C'est bien un dramaturge, oui ? »

Sceptique, Alvydas a penché la tête. Non, ce monsieur n'était pas dramaturge. Rapidement, Hal s'est repris :

« Pas un dramaturge, non. C'était, je crois, le chef de l'orchestre symphonique national de la République d'Užupis. »

Nouvelle attitude sceptique d'Alvydas. Non, il n'était pas non plus chef d'orchestre. Avec moins de conviction, Hal a poursuivi :

« Eh bien, s'il n'est ni dramaturge ni chef d'orchestre, il s'agit peut-être d'un homonyme. Une chose est sûre, le Shatenovsky dont parlait mon père était boiteux. À la suite d'une polio dans son enfance, je crois.

— Mais c'est lui ! Vladimir est boiteux. Bon, je ne sais pas si c'est à la suite d'une polio, mais c'est forcément ça. Vous le connaissez aussi, donc ? Un authentique érudit, l'image du savant pour nous autres, Lituaniens. Si vous demandez à Vladimir, il saura vous répondre. Si la République d'Užupis existe réellement, il saura vous dire où elle se trouve », a affirmé, péremptoire, Alvydas.

Tandis que lui et Hal conversaient ainsi, Laurynas à la barbe rousse, assis face à eux, a balbutié dans son mauvais anglais :

« Oui, il sait tout Vladimir, il sait tout. Sauf les femmes. »

La saillie a fait rire toute la table. Hal, sans trop comprendre la raison de cette nouvelle hilarité, s'est joint à eux. Au milieu de tout cela, seule Vilma ne pipait mot et gardait son expression inquiète.

« Vous devez aller voir Vladimir », a déclaré Aiste. Et contrairement à ce qu'elle avait dit jusqu'à présent, sa voix et son visage étaient sérieux.

« Comment pourrais-je le rencontrer ? J'arrive tout juste. »

Marius le maigre a dit quelque chose en lituanien. Aiste a traduit pour Hal.

« Il dit que Vladimir sera de la soirée chez monsieur Eigis, que vous pourriez le rencontrer là-bas. »

Alvydas a renchéri :

« Nous allons aussi chez monsieur Eigis. Nous nous étions donné rendez-vous ici pour nous y rendre ensemble. Alors, si vous êtes d'accord, suivez-nous. Ainsi vous rencontrerez Vladimir Shatenovsky.

— Ce n'est pas trop loin ? s'est inquiété Hal.

— Du tout, cinq minutes à pieds ! »

Laurynas avait tenu à apporter sa contribution.

D'une petite voix hésitante, Hal a dit :

« C'est que… Je ne suis pas invité… »

Mais Aiste et Laurynas presque en chœur ont affirmé :

« *No problem, no problem !* »

D'un coup, la musique a changé. C'était à présent plus bruyant et plus joyeux, de la musique pour danser. Le récital plaintif de musique médiévale était terminé, les gens se ruaient sur la piste au centre de la salle pour danser.

Au même moment la porte de l'hôtel-bar s'est ouverte et une demi-douzaine de femmes et d'hommes couverts de neige sont entrés. Se balançant au rythme de la musique, ils se sont dirigés droit vers la table d'Alvydas et de ses compagnons. À en juger par leurs têtes blanchies, la neige tombait toujours fort au-dehors.

Ils se sont salués les uns les autres avec de grands gestes et de franches poignées de main. Manifestement, tout le monde connaissait tout le monde.

Du nouveau groupe, le leader semblait être un homme, vingt, trente ans, grand et fort, portant de grosses lunettes. Il a tendu sa grande main à Hal en criant presque:

« Je m'appelle Andreï ! »

Serrant sa main, Hal a répondu qu'il s'appelait Hal, mais la musique était trop forte et Andreï a paru ne pas comprendre. Alvydas lui a alors presque braillé dans l'oreille des mots qui devaient être une présentation de Hal.

« *Oh, Hal ! Welcome to Lituania !* » a crié le grand Andreï.

Il a saisi la main de Hal et l'a secouée avec vigueur. Puis il a sorti son flacon de liqueur et a versé un alcool qui ressemblait à de la vodka dans le verre de Hal. « *Kanpai !* » a-t-il lancé.

Entouré d'inconnus, un peu étourdi, Hal a malgré tout répondu : « *Kanpai !* » Il a vidé son verre d'un trait. Andreï, satisfait, lui a donné des tapes dans le dos en criant :

« *Good ! Good !* »

Alvydas a recommencé son manège aux oreilles d'Andreï. Ce dernier a hoché la tête à plusieurs reprises avant de brailler vers Hal :

« *Amigo !* Mon ami de Hun ! Allons-y ! En route chez Eigis !

— Maintenant ? s'est inquiété Hal, toujours égaré.

— Bien sûr, et pour une folle nuit ! »

Puis s'adressant à tous, Andreï a donné le signal du départ.

« *Let's go !* »

Alvydas et ses compagnons se sont tous levés. Hal, suivant le mouvement général, a pris sa grosse valise et est sorti avec eux.

La soirée chez monsieur Eigis

Laissant l'Hôtel Užupis derrière eux, Andreï et ses amis s'en sont allés par les rues en menant grand tapage. La neige avait cessé, laissant place à un épais brouillard qui rendait impossible de distinguer quoi que ce soit à deux pas. L'enchevêtrement labyrinthique des rues, typiques de ces vieilles villes, allié à l'absence d'éclairage public, garantissait la désorientation du touriste imprudent. Hal qui craignait de s'égarer lorsqu'il devrait revenir à l'hôtel essayait de graver dans sa mémoire des noms de rues ou l'image d'un bâtiment particulier à chaque tournant.

« C'est beau, n'est-ce pas ? » s'est émerveillé Andreï en prenant Hal par l'épaule.

Sans trop savoir à quoi il faisait allusion, Hal a répondu : « Très beau. »

Satisfait, Andreï s'est alors lancé dans une exégèse très animée. Mais son anglais était trop embrouillé et Hal n'a pas saisi grand-chose de la tirade. À plusieurs reprises est revenu le nom de Napoléon, lequel aurait séjourné ici ou y serait tombé malade. En revanche une chose que Hal a bien comprise, c'est que le vieux bourg de Vilnius avait été classé au patrimoine mondial de l'Unesco. Et Hal a hoché la tête pour montrer combien il trouvait cela mérité.

La petite bande, après avoir traversé une place, passait devant une église quand une vieille femme accroupie devant s'est précipitée vers Hal et s'est mise à l'implorer. La subite apparition a plongé Hal dans l'embarras, une incompréhension profonde a assombri son visage.

« Ne vous en faites pas, c'est une mendiante. Elle vous saute dessus parce que vous êtes un étranger », a commenté Aiste qui marchait à ses côtés.

Hal, qui avait enfin réalisé ce dont il s'agissait, a sorti un billet et l'a donné à la vieille femme. En même temps il a perçu un murmure venant de l'église, une messe s'y déroulait et elle attendait la sortie pour quémander.

« *Ačiū, ačiū !* »

La vieille dame qui serrait le billet semblait éprouver une profonde gratitude. Elle a tracé un signe de croix sous le regard de Hal et l'a encore remercié en baisant sa main. Au même moment deux autres mendiants se sont dépêchés vers Hal. Andreï a crié dans leur direction pour les écarter mais ils se sont accrochés à Hal en demandant l'aumône. Il a donné à chacun un nouveau billet.

« Cent litas pour chaque mendiant ! Soit vous êtes milliardaire, soit vous ne connaissez pas la valeur des choses, a maugréé Aiste.

— Cette vieille femme m'a rappelé ma mère. Ma mère répétait souvent que *les actes vertueux enrichissent le pays.* C'est un proverbe d'Užupis, a dit Hal sur un ton d'excuse.

— C'est très joli, mais si la rumeur se répand que vous distribuez cent litas à chaque mendiant, vous aurez bientôt tous ceux de la ville à vos trousses », a également désapprouvé Alvydas.

Seule Vilma au teint pâle et aux grands yeux demeurait silencieuse ; elle observait chaque geste de Hal.

Interrompant cette scène brève, une alarme de voiture s'est soudain mise à hurler dans la rue. Le système devait être mal réglé, le moindre frôlement d'un passant le déclenchait. L'un des membres de la bande, agacé, a balancé un coup de pied dans le pare-chocs, ce qui a eu pour effet d'augmenter encore le volume de l'alarme. Tout le monde a éclaté de rire.

Monsieur Eigis était un homme dans la petite cinquantaine, de grande taille et de belle humeur. La bande d'Andreï qui débarquait avec fracas a été accueillie par ses cris exubérants. Évidemment, Hal n'a rien compris de ce qu'il leur a dit, probablement quelque chose comme : « Mais qui voilà, ma bonne bande d'ivrognes est arrivée ! », puisque les ayant salués, et arrivant à Hal, monsieur Eigis s'est exclamé en anglais : « Et voici un nouvel ivrogne que je ne connais pas ! »

Dans un grand sourire, Hal s'est présenté :

« Je suis l'ivrogne qui débarque tout juste à Vilnius, directement depuis l'aéroport, il y a quelques heures à peine. »

Sa réponse apparemment était du goût de monsieur Eigis. Il a ri de bon cœur en donnant une tape dans le dos de Hal. Alors Alvydas a poursuivi les présentations. Monsieur Eigis a écouté en opinant de temps à autre avant de déclarer :

« *Welcome, welcome, Mr Hal !* En attendant la venue de Vladimir Shatunovsky, prenez autant de verres que vous voudrez ! La Lituanie produit suffisamment de vodka pour étancher la soif de nos visiteurs du bout du monde ! »

Ainsi Hal fut-il amené à la soirée de monsieur Eigis, une chose qu'il n'avait jamais envisagée.

Hal a suivi Andreï et les autres dans la vaste pièce centrale. Un drame étrange les y attendait. Formant un cercle, une trentaine de femmes et d'hommes entouraient une scène d'abord invisible aux yeux des arrivants. Il n'y avait pas de musique ni aucun de ces rires qui pétillent habituellement dans les soirées, au contraire un silence étouffant écrasait la salle.

Hal a d'abord pensé à un concours de bras de fer, ou à une partie de cartes avec un enjeu particulier, mais ça ne pouvait être ni une partie de cartes ni un bras de fer, car s'il s'était agi d'un bras de fer il y aurait eu les encouragements de supporteurs et s'il s'était agi d'une partie de cartes on aurait entendu des exclamations de joie ou de déception sous d'épais nuages de fumée.

« C'est encore ça ! » a sifflé Alvydas en aparté, l'air effondré. Curieux, Hal a regardé par-dessus les épaules des spectateurs. L'instant d'après sa bouche se figeait, ouverte, et tout son visage se crispait devant une vision stupéfiante.

Au centre du cercle, une petite table et sur cette table, un revolver. Deux hommes, encore jeunes, se tenaient face à face de part et d'autre de la table, solennels. L'assemblée retenait son souffle, attendant que l'action se poursuive. De toute évidence, ces hommes jouaient à la roulette russe.

Enfin l'un des hommes a ramassé le revolver et a fait tourner le barillet, d'un geste sûr. Livide, il a ensuite collé l'extrémité de l'arme contre sa tempe. Hal a fermé les yeux, incapable de supporter la cruauté de l'instant. Un bruit sec : pas de balle.

« Oh… ! »

Une même exclamation s'est échappée de toutes les poitrines. L'homme qui venait de tirer a reposé le revolver sur la table en poussant un soupir de soulagement. Il a pris son verre de vodka et l'a vidé cul sec.

Pendant ce temps, son vis-à-vis gardait les yeux clos. À son tour il avait rendez-vous avec son destin. Un troisième homme, qui semblait faire office d'arbitre, lui a rempli son verre. L'homme a ouvert les paupières, a soulevé le verre. Il l'a regardé un moment. Il s'agissait peut-être de son dernier. Il l'a porté à ses lèvres et a jeté sa tête en arrière en l'avalant d'un trait. Une tension implacable figeait les spectateurs.

Alors l'homme a pris l'arme devant lui. Il a tourné le chargeur avec vigueur puis, l'expression encore plus affectée, a approché le canon de sa tempe.

C'est à ce moment-là que dans la foule une femme s'est subitement mise à glousser. Et l'homme qui tenait le revolver contre sa tempe a pouffé à son tour, comme s'il n'en pouvait plus de s'être retenu tout ce temps. De son arme, il a visé posément la femme qui venait de rire et a tiré. Les spectateurs se sont tous mis à rire et l'homme au revolver a tiré au hasard dans l'assemblée. Les gens criaient de joie, certains faisaient mine d'être touchés et tombaient à terre. Là seulement Hal a réalisé que tout cela n'était qu'un jeu. Un sourire est revenu sur ses lèvres. Le revolver n'avait jamais été chargé.

Monsieur Eigis, en maître de maison, a retiré l'arme des mains de ses turbulents invités et est monté prestement à l'étage tandis qu'une musique puissante a éclaté. Des lumières psychédéliques et des lasers se sont mis à tourner. Les gens ont commencé à danser. Certains applaudissaient, d'autres poussaient des hourras, l'ambiance, d'un coup, était à la fête.

Hal ne parvenait pas à se mettre à l'unisson de l'humeur générale, il restait debout, un verre vide à la main, à contempler les danseurs. La présence d'un Asiatique parmi eux a encouragé quelques curieux à l'approcher, mais leur anglais rudimentaire n'a pas permis qu'une véritable conversation s'engage. Tout de même, un jeune homme s'est présenté à Hal, il a dit avoir fait des études d'informatique à l'université. Avec lui l'échange était plus facile. Il a expliqué avoir étudié la programmation à l'université, précisant que ses programmes étaient de haut niveau mais qu'ici en Lituanie, contrairement au pays des *Huns*, personne ne reconnaissait la valeur des programmeurs. Et comme personne ne reconnaissait sa valeur, il ne parvenait pas à trouver un emploi correct, et ainsi de suite.

Son discours se résumait finalement à l'étalage de ses malheurs et Hal n'a pas tardé à décrocher. Parmi les personnes s'intéressant à Hal, trois jeunes femmes, la vingtaine, assises côte à côte sur un canapé à l'autre bout de la pièce, le regardaient avec curiosité. Elles semblaient trouver dans cet Asiatique une source mystérieuse d'émerveillement, elles bavardaient sans s'arrêter tout en jetant des coups d'œil furtifs à Hal et en étouffant de petits rires. Toutes trois étaient très jolies, pleines de vie, mais pas une ne fut assez courageuse pour l'aborder ou l'inviter à danser. Cela dit, Hal non plus ne paraissait pas avoir la tête à ces papillonnages. Sans doute ne pensait-il qu'à Shatunovsky qui allait arriver.

Ce sont surtout les nouveaux amis de Hal qui se relayaient pour lui tenir compagnie, Alvydas, Laurynas, Aiste, Marius et Andreï aux grosses lunettes, tous ceux qu'il avait rencontrés à l'Hôtel Užupis et qui l'avaient emmené ici. Ainsi par exemple, à chaque fois qu'il tombait sur Hal, Andreï aux grosses lunettes lui criait : « Hal, mon ami de *Hun* ! Quelle soirée magnifique, n'est-ce pas ! » Pour autant, on ne pouvait pas dire qu'il montrait une réelle attention à Hal, roucoulant dans toute la maison, serrant des mains, répondant à des saluts par d'autres saluts. Laurynas à la barbe rousse et Marius, le blond maigre, se sont également préoccupés de Hal. Leur niveau d'anglais ne leur permettait pas de soutenir une longue conversation avec lui mais ils venaient régulièrement lui proposer à manger ou à boire. Et encore, assez vite l'attention de Marius a été accaparée par une jolie poupée polonaise, une certaine Namunei, et Hal est passé au second plan. En revanche Namunei, elle, s'est intéressée à Hal. Elle l'a questionné sur les *Huns*, sur les raisons de sa présence en Lituanie et enfin sur sa situation maritale. Pour finir, devant le manque d'enthousiasme de Hal à son encontre et en dépit de son apparence charmante et de son regard avenant, elle a reporté son attention sur un autre. Il s'agissait du correspondant d'un journal allemand. C'est autour de lui désormais qu'elle tournait, déployant tous ses charmes. Quant au malheureux Marius qui ne parlait ni anglais ni allemand, il en était réduit à barboter dans son sillage, sans trop d'espoir.

Femme d'esprit, Aiste avait plus de succès. Elle aussi venait voir Hal de temps en temps et s'inquiétait de lui en français par des « Ça va ? » ou des « Amusez-vous ! ». Mais très vite elle s'est trouvée entourée de trois hommes, Marc, Jérôme et Simonas. Marc, bel homme, bien bâti, était employé à l'ambassade des États-Unis. Jérôme était producteur pour une télévision française et Simonas député lituanien. Et c'est ainsi qu'elle aussi a cessé de se préoccuper de Hal.

Seul Alvydas aux yeux noirs lui a tenu compagnie toute la soirée. Il lui faisait également visiter la maison de leur hôte.

La maison de monsieur Eigis que Hal découvrait en suivant Alvydas était une grande et belle bâtisse quoique assez décrépite. Il se dégageait de l'ensemble un côté ancien qui ne manquait pas de charme, mais l'agencement des pièces était compliqué et l'éclairage chiche ne permettait guère de distinguer les détails. Au-dessus du premier étage la maison était fermée, faute de moyens pour la chauffer durant l'hiver.

Tandis qu'ils poursuivaient leur visite, Hal a fait remarquer à Alvydas qu'elle lui semblait très ancienne. Alvydas a répondu qu'elle datait du XVIIe. Hal a ajouté que monsieur Eigis devait être fort riche, ce à quoi Alvydas a répondu par un haussement d'épaules qui pouvait signifier que, non, on ne pouvait pas forcément en déduire ça. Hal a insisté, demandant comment un homme pourrait posséder une telle maison sans être riche ? En changeant de ton, chuchotant à présent, Alvydas a expliqué que ce n'était pas parce qu'il était riche qu'il avait eu cette maison, mais « parce qu'il était *débrouillard* ». Hal a fait signe qu'il ne comprenait pas. Alvydas a donc expliqué plus clairement la situation. Selon lui, cette maison avait été, durant l'Occupation, la résidence privée du commandant en chef. Après la Libération, monsieur Eigis s'était approprié la demeure « en faisant preuve de beaucoup d'entregent ». Hal a opiné. Alvydas a poursuivi. À cette même période, monsieur Eigis avait été le premier à s'intéresser à la grande distribution. Il avait rapidement fait fortune. Avec l'argent gagné, il avait racheté le *Journal libre de Lituanie* dont il avait pris la tête. L'arrivée récente de concurrents financés par la mafia russe avait changé la donne, les affaires n'étaient plus si florissantes. À cette baisse de rendement s'ajoutait le déficit chronique du journal.

Hal qui avait écouté distraitement les explications de Alvydas a demandé, comme s'il venait d'y penser, qui avait habité ici avant l'Occupation si la maison datait du XVIIe ? Ce à quoi Alvydas a répondu que, sans être certain des détails, il avait entendu dire qu'une grande famille y avait vécu autrefois mais que ses membres avaient dû fuir l'envahisseur soviétique et s'étaient réfugiés, disait-on, dans un pays lointain.

Le brave Alvydas a dû interrompre là sa conversation avec Hal car un groupe de personnes est arrivé. Ils se sont présentés comme comédiens du Théâtre national de Lituanie. Ils venaient chercher Alvydas et, visiblement, ils avaient des questions urgentes à traiter avec lui. À cette occasion, Hal a donc appris qu'Alvydas était dramaturge et metteur en scène. Avant de quitter Hal pour suivre la troupe, Alvydas lui a promis qu'il serait averti dès que Vladimir arriverait et qu'il pouvait tranquillement profiter de la soirée pendant ce temps.

À nouveau, Hal s'est trouvé seul.

Un homme s'est approché de lui et s'est présenté. Musicien, il s'appelait Rimas et venait de Minsk, Biélorussie. Quoique Lituanie et Biélorussie soient des pays voisins, Rimas était un étranger. Il avait eu les mêmes difficultés que Hal pour trouver à qui parler, comme lui il s'était senti un peu seul et venait lier conversation. À le voir, Hal s'est demandé s'il n'avait pas du sang asiatique dans les veines, avec ses cheveux noirs touffus et sa peau assez sombre. De plus il arborait une moustache fine et pointue rappelant un célèbre portrait de Gengis Khan. Enfin, s'il ne paraissait pas très à son aise en anglais, il le parlait de façon tout à fait correcte. Son visage, sa façon de parler, quelque chose en lui donnait une impression de sincérité.

Hal l'a interrogé sur la musique qu'il jouait. De la musique traditionnelle de Biélorussie, a expliqué Rimas en sortant de sa poche une carte postale où diverses personnes jouaient de divers instruments, tous inconnus de Hal. Il devait s'agir d'un concert de musique traditionnelle biélorusse. Du doigt, Rimas a désigné un des hommes qui jouaient d'un instrument ressemblant à une harpe mais qui justement n'était pas une harpe. Cet homme, c'était Rimas. Le Rimas sur l'image avait les traits plus fins et était beaucoup plus jeune que le quasi-quadragénaire qui se tenait près de Hal, au point que celui-ci s'est demandé si c'était bien le même.

Hal a pris son temps pour examiner la carte postale. Après quoi il a demandé à son possesseur s'il était venu donner un concert. Rimas a répondu que non, ajoutant qu'il se rendait à Vilnius chaque année, sans raison particulière, toujours en hiver. Avait-il de la famille ou des amis qu'il visitait ? s'est enquis Hal. Rimas a eu une brève hésitation avant de répondre que certes il avait un ami ici, qu'il logeait chez lui quand il venait, mais que ce n'était pas pour le voir qu'il venait.

À son tour, Rimas s'est intéressé à Hal. Que venait-il faire en Lituanie ? Hal a donc expliqué qu'il ne faisait que passer à Vilnius pour se rendre en Užupis et Rimas a hoché la tête, en guise d'approbation. Hal a enchaîné, Rimas avait-il entendu parler de la République d'Užupis ? Sans paraître surpris par la question, Rimas a répondu qu'il avait entendu des gens en parler, chez lui, que c'était un pays comme le sien ou l'Ukraine, ou la Lituanie, la Lettonie, l'Estonie, etc., qui venaient d'accéder à l'indépendance.

« Rimas, vous connaissez donc cette histoire, vous ! Dites-m'en plus sur Užupis, s'il vous plaît ! » s'est enflammé Hal.

Rimas l'a toisé, surpris du ton exalté de Hal, mais a poursuivi :

« Eh bien, la République d'Užupis était un grand pays, riche d'une longue histoire. Considérez juste les sites archéologiques de Lituanie, qui en portent des traces. Mais aussi ceux de Lettonie, d'Estonie, également de Pologne, de Roumanie, de Biélorussie. Tenez, y compris le sud-ouest de l'Ukraine. Un grand pays, même si avec l'indépendance il a réduit jusqu'à n'être qu'un petit territoire, comme la Lituanie.

— Oh Rimas, je vous en prie, dites-moi où il se trouve aujourd'hui ? »

Rimas a eu le même regard d'incompréhension et Hal s'est efforcé de fournir des éclaircissements, comme pour s'excuser.

« Je sais, ça peut paraître bizarre, quelqu'un qui est venu ici pour se rendre en Užupis et qui ne sait pas où le pays se situe, pourtant… »

Hal sortait précipitamment ses arguments tandis que Rimas, l'air de savoir ce que son interlocuteur avait à dire, opinait en murmurant pour lui-même que oui, en Biélorussie il avait entendu parler de la République d'Užupis, qu'il avait aussi entendu des gens utiliser une langue étrange qui était la langue d'Užupis. Il a terminé sur le fait que selon toute vraisemblance Užupis se trouverait quelque part au bord de la frontière entre la Lituanie et la Biélorussie.

Ils en étaient là lorsque Vilma au teint pâle et aux grands yeux, que Hal n'avait pas revue depuis leur arrivée chez monsieur Eigis, s'est approchée, surgissant de nulle part. Son apparition a stoppé net Rimas. L'arrivée de Vilma dérangeait Hal qui aurait aimé en apprendre plus. Mais elle, ne se souciant de rien, très aimablement, a invité Hal à danser, comme s'ils étaient deux vieux amis.

« Vilma, mon ami Rimas de Biélorussie me parlait d'une chose importante. »

Pourtant Vilma s'est obstinée. Elle a enlacé Hal par le cou et l'a mené jusqu'à ce qui faisait office de piste de danse. Tout en se laissant entraîner de la sorte, Hal s'est retourné vers Rimas. Son expression s'était tendue. Hal a fait signe à Rimas de l'attendre avant d'entamer un tango avec Vilma. Pendant qu'ils dansaient, il a cherché Rimas des yeux mais celui-ci avait disparu.

« Où est Rimas ? s'est inquiété Hal après leur danse, ne parvenant pas à l'apercevoir dans la pièce.

— Ne vous inquiétez pas, il doit bien être quelque part », a répliqué Vilma.

Elle a pris Hal par le bras et l'a mené le long d'un couloir sombre menant hors de la salle. Il y avait un banc. Vilma l'a fait asseoir et est allée chercher deux coupes de champagne.

« Vous dansez bien », a apprécié Vilma. Dans sa voix transparaissait le trouble provoqué par la danse.

Hal n'a rien répondu, un simple haussement d'épaules. À l'autre extrémité du couloir, un couple s'embrassait. Hal a eu l'impression que c'était Namunei, la poupée polonaise, et le journaliste allemand.

« Vladimir Shatunovsky n'est pas digne de confiance », a soudain lâché Vilma.

Interloqué, Hal n'a rien trouvé à répliquer.

« Vous devriez éviter cette rencontre. »

Après un silence, Hal a tout de même demandé :

« Pourquoi ?

— Il méprise les étrangers. C'est un fasciste.

— Vous pensez que je ne devrais pas lui parler ? »

Vilma n'était pas à son aise, elle cherchait ses arguments.

« On dit qu'il est néfaste pour les étrangers, qu'il leur cause toutes sortes de torts.

— Comment cela ? »

Pressée de s'expliquer, Vilma est restée un moment sans savoir quoi dire. Finalement elle a eu une réponse évasive :

« Je ne sais pas précisément. Ce sont des rumeurs qui circulent. Quoi qu'il en soit, on m'a rapporté qu'un étranger qui l'avait rencontré s'était, par la suite, donné la mort. »

Hal n'a pas semblé convaincu. Vilma, sans doute à bout d'argument, n'a rien ajouté.

« Non, sincèrement je ne trouve pas l'explication suffisante. Je n'imagine pas renoncer à cette rencontre sur la base d'une rumeur. Je ne cherche pas à faire des affaires avec ce monsieur, je veux seulement lui poser des questions sur la République d'Užupis. »

Cette dernière réplique a fait sortir Vilma de ses gonds.

« Tenez-vous vraiment à vous rendre en Užupis ?

— Évidemment. C'est ma patrie. »

Vilma a soupiré, l'air profondément affligé.

« C'est certain, je ne vais pas vous reprocher de vouloir retourner dans votre patrie. Mais vous ne devriez pas aborder ce sujet avec Vladimir Shatunovsky. »

Hal restait à la fixer et semblait ne pas vouloir comprendre, elle a poursuivi du même ton :

« Vous allez me redemander pourquoi ne pas parler de la République d'Užupis à Vladimir Shatunovsky, je vais vous répondre à nouveau que c'est un fasciste qui déteste les étrangers. Vous me direz à nouveau que ce n'est pas une raison suffisante pour éviter la confrontation, moi je vous répondrai à nouveau qu'un étranger qui l'avait interrogé sur le même sujet s'est donné la mort. Ça veut dire quoi, juste que vous ne me faites pas confiance. »

Au terme de sa démonstration, Vilma paraissait réellement triste. Quant à Hal, il demeurait dubitatif, la considérant sans un mot. Elle a repris la parole en saisissant la main de Hal :

« Pauvre étranger ! Vous ne savez rien, rien de ce pays. Il n'y a personne pour vous ici, personne pour vous venir en aide. Mais n'ayez pas d'inquiétude. »

Elle a fait une pause, puis :

« Demain, vous viendrez me voir. Vous me demanderez de l'aide. Vous pourrez venir à tout moment. Si vous l'acceptez, je serais votre amie. Une amie sincère, à qui vous pourrez ouvrir votre cœur, une amie qui vous soutiendra, comme une épouse. »

Hal qui l'avait patiemment écoutée a encore demandé :

« Pourquoi voudriez-vous m'aider ? »

Vilma a semblé réfléchir à la réponse idoine.

« Parce que… Parce que vous êtes différent. Vous êtes un honnête homme. Comme tous ceux qui ont voulu se rendre en République d'Užupis. »

Stupéfait, Hal a bondi.

« Qu'est-ce que vous dites, Vilma ? Vous avez déjà rencontré des étrangers qui cherchaient à se rendre en Užupis ?»

Sans lui répondre, elle a porté la main de Hal jusqu'à sa joue. Ses grands yeux se sont emplis de larmes.

Une musique, une sonate solennelle et triste, s'est soudain invitée dans l'air, venant d'un piano quelque part dans la maison. Hal a sursauté.

« D'où vient cette musique ? » Il tournait la tête de droite et de gauche, guettant la mélodie.

Pour sa part, rien dans l'attitude de Vilma ne laissait penser qu'elle avait entendu le piano.

Hal s'est levé, envoûté, il s'est précipité vers la grande salle. Restée seule, Vilma l'a suivi d'un regard teinté de ressentiment.

Dans la pièce, les gens parlaient ou dansaient par petits groupes, mais personne ne jouait de piano. D'ailleurs il n'y avait pas d'instrument dans la pièce. Après s'en être assuré, Hal a repris le couloir.

Vilma, toujours plongée dans la même tristesse, n'avait pas bougé. À l'autre extrémité, Namunei la Polonaise et le journaliste allemand s'embrassaient toujours avec fougue, appuyés au mur. La musique continuait de jouer. Hal a poussé une porte qui s'est ouverte sur la cuisine.

Quelques hommes et femmes assis fumaient de la marijuana. L'un d'entre eux, sans doute sous l'effet de la drogue, tournait la tête en tous sens. Dans un coin de la cuisine, un homme et une femme, assis également, restaient face à face, les yeux dans les yeux, amoureux. L'homme caressait la cuisse de la femme qui portait des collants noirs. Hal a traversé la pièce et est sorti sur la terrasse.

Là, trois ou quatre fumeurs flânaient. Hal a remarqué Laurynas parmi eux. La neige tombait dans la nuit.

« Eh, mon ami de *Hun* ! » a dit Laurynas en lui adressant un signe de la main.

Au même moment, le son du piano est devenu encore plus net.

« Une magnifique soirée, n'est-ce pas ? »

Hal a aperçu Andreï aux grosses lunettes mais il ne tenait pas à s'attarder auprès d'eux car la musique l'entraînait avec de plus en plus de force. Il a interpellé le petit groupe de fumeurs : « D'où vient cette musique ? », mais personne n'a réagi à sa question. Hal s'est avancé au bout de la terrasse et a tendu le cou vers l'étage supérieur. En effet, la mélodie venait de là, juste au-dessus du patio. Hal a quitté précipitamment la terrasse.

Rebroussant chemin, il a traversé dans l'autre sens la cuisine et a remonté le couloir. Dans la grande salle, les invités dansaient ou bavardaient par petits groupes. Hal a escaladé à grandes enjambées l'escalier qui se trouvait au centre de la pièce. Trois jolies jeunes filles pleines de vie qui bavardaient perchées sur une marche ont éclaté de rire à la soudaine apparition de Hal.

À l'étage se déroulait un long couloir. Plus Hal progressait dans le couloir, plus la musique devenait passionnée, tendue vers son acmé. Hal a pressé encore le pas et a enfin surgi dans le salon où se jouait la sonate.

La pièce était vaste, manifestement conçue pour les réceptions. Sur un côté, une large baie vitrée laissait voir le panorama d'une nuit de neige. Dans un coin du salon était disposé un piano à queue et au clavier se tenait une femme gracieuse. Hal n'a pu réprimer un geste de stupéfaction. Cette femme, c'était Jurgita, la Jurgita de l'aéroport. Derrière elle était posté un homme, massif, un verre de vin à la main.

La sonate s'est terminée. Jurgita ne bougeait pas, fixant le vide droit devant elle, prise dans sa mélancolie.

« Bravo ! » a applaudi l'homme après avoir posé son verre sur le piano.

Jurgita est restée immobile, son visage était plein de tristesse. Il évoquait une personne songeant avec nostalgie à un passé révolu. L'homme, il devait avoir la cinquantaine passée, s'est mis à l'embrasser sur les joues, dans la nuque, sans que Jurgita se départisse de son immobilité. Ni l'un ni l'autre ne semblaient s'être rendu compte de la présence de Hal à l'entrée du salon.

Derrière Hal a retenti un cri. C'était Alvydas qui l'interpellait :

« Hal ! Vladimir vient d'arriver ! »

Mais Hal n'a pas réagi, il restait figé à regarder Jurgita, hypnotisé.

« On va enfin savoir où se trouve la République d'Užupis », se réjouissait Alvydas en donnant des tapes sur les épaules de Hal.

Aux mots d'Alvydas, Jurgita a paru sortir de sa torpeur. Surprise, elle a regardé dans leur direction. L'homme à la cinquantaine ne s'était aperçu de rien et continuait son manège, picorant le lobe de Jurgita. Elle ne semblait pas consciente de la présence de son compagnon massif et ne détachait pas ses yeux de Hal. Des yeux remplis de tristesse.

« Il faut y aller, Vladimir vous attend », a insisté Alvydas, tirant Hal par le bras.

Tout en se laissant conduire, Hal, tête tournée en arrière, restait par le regard obstinément lié à Jurgita.

« Savez-vous quel morceau elle vient de jouer ? »

Alvydas n'ayant apparemment pas compris la question a expliqué :

« Cet homme-là, c'est le directeur d'une compagnie aérienne danoise. C'est un ami de monsieur Eigis.

— Non, a dit Hal, une note d'impatience dans la voix, je veux dire, le morceau que Jurgita vient de jouer, vous l'avez reconnu ? C'est l'hymne national de la République d'Užupis. »

Vladimir aux cheveux d'argent

Alvydas a conduit Hal vers une sorte de cabinet de travail aux murs tapissés de vieux livres aux riches reliures. Sur le mur de droite, deux fenêtres, à un mètre de distance, perçaient les étagères. Entre les deux trônait une grande statue de marbre représentant un homme, son visage tourmenté plongé dans ses mains.

Au centre de la pièce, une grande table basse rectangulaire. Derrière la table était assis un homme aux cheveux argentés, la soixantaine, et qui semblait de fort méchante humeur. Il devait s'agir de Vladimir Shatunovsky. Près de lui, une jeune femme, tête baissée, semble-t-il en état d'ébriété. Si Vladimir Shatunovsky était de mauvaise humeur, l'ivresse de cette femme devait en être la cause.

« *Hi !* » a salué brièvement Vladimir aux cheveux d'argent, serrant la main de Hal.

L'homme rayonnait de vitalité, en dépit de son âge. Son teint était frais, ses yeux dégageaient une belle lueur, son sourire laissait entrevoir des dents d'une irréprochable blancheur bien plantées sur des gencives amarante.

Après que Hal et Vladimir eurent échangé une poignée de main, la jeune femme passablement ivre a relevé la tête et a tendu la main vers Hal :

« Salut, moi c'est Sophie ! »

Hal a serré la main de Sophie. Toute trentenaire qu'elle devait être, elle paraissait comme fanée. Elle aurait pu être une très jolie jeune femme mais l'alcool et le tabac la minaient, ses yeux se perdaient dans des fossés sombres, elle avait un teint maladif et ses dents étaient jaunes.

« Sophie était une célèbre ballerine en France », a précisé Alvydas qui était resté au côté de Hal durant les salutations.

Vladimir aux cheveux d'argent n'a rien dit mais a toisé la femme avec mépris.

« Alvydas m'a déjà appris beaucoup de choses sur vous. Je sais que vous venez de Hun, que vous cherchez à rejoindre la République d'Užupis et même que votre père vous aurait parlé d'un Shatunovsky boiteux ! Mais dites-moi, qui était votre père exactement ? »

Hal venait de prendre place près de lui et Shatunovsky aux cheveux d'argent avait directement entamé la conversation, parlant un anglais clair, net et concis. Si clair, net et concis, que les mots semblaient se planter dans l'oreille de Hal. En réponse, il a donné le nom de son père. Vladimir Shatunovsky a fait la moue.

« Je n'ai jamais entendu ce nom. Le Shatunovsky qu'a connu votre père était probablement un autre homme. Il est probable qu'il existe dans le monde plusieurs Shatunovsky boiteux.

— Vous devez avoir raison. Ou bien j'aurai mal compris… »

Alvydas a alors incité Hal à faire voir la photographie de sa famille, celle qu'il avait montrée au bar de l'Hôtel Užupis. Hal a sorti le cliché et l'a passé à Vladimir.

« Mon père, c'est celui qui est assis au centre », a expliqué Hal tandis que Vladimir examinait attentivement la photographie. Mais il a eu une nouvelle moue : décidément cela ne lui évoquait rien.

« Est-il encore vivant ?

— Non, il est décédé. Il y a déjà vingt ans. »

Encore une moue peu encourageante.

« Quel âge aurait-il, s'il était toujours en vie ?

— S'il était encore en vie… voyons, il aurait soixante-sept ans », a rapidement calculé Hal.

Vladimir a levé les bras au ciel, comme si tout s'éclaircissait.

« C'est-à-dire qu'il avait douze ans de plus que moi ? Que voulez-vous que j'aie à faire avec un homme de douze ans mon aîné ! Le Shatunovsky que votre père aura connu était quelqu'un d'autre, quelqu'un de son âge et qui boitait également. »

Disant cela, Vladimir a souri en découvrant ses dents d'ivoire sur le corail de ses gencives. Néanmoins Hal, maussade, a continué de sortir ses photographies.

Apparentées à la première, c'était au premier abord de banales photos de famille. Si quelque chose retenait l'attention, c'était le cliché d'une fillette blonde jouant sur un piano à queue. Le décor de cette photo rappelait à s'y méprendre la disposition du salon où Hal venait de voir Jurgita, avec une baie vitrée derrière le piano qui laissait voir un paysage de nuit enneigée. Qui plus est, la petite fille ressemblait fort à Jurgita. Mais ni Vladimir ni Alvydas n'ont semblé remarquer quoi que ce soit. Hal lui-même n'a pas paru avoir vu la proximité entre l'image et le salon qu'il avait tout juste découvert.

Une autre photographie avait quelque chose de particulier. Elle avait été prise dans un cabinet de travail et représentait un petit groupe de personnes assises devant une grande table, en train de discuter. Les quatre murs étaient couverts de livres aux riches reliures. Le couple de fenêtres était placé à droite, c'est-à-dire que la lumière venait de la droite. Entre les deux fenêtres, installée devant le mur, se trouvait une statue de marbre. Il s'agissait du buste d'un homme se tenant la tête entre les mains. Clairement, le décor de l'image était quasi identique à la pièce où Hal parlait à présent avec Vladimir. Pour une raison mystérieuse, aucun des trois hommes penchés sur la photographie n'a semblé faire le rapprochement, pas même Hal. Vladimir a pioché un autre cliché.

« Cet homme, là, c'est mon père. Il était ambassadeur de la République d'Užupis en Han. À côté de lui, voici mon oncle. C'était un poète. Ici, le grand garçon debout devant les deux messieurs, c'est moi, et la petite fille blonde à côté, c'est ma petite cousine », a détaillé Hal pour Vladimir.

La photo avait dû être prise sur un lieu de villégiature, en été. Les deux hommes au dernier rang portaient des pantalons blancs, des chemises à manches courtes. Le grand garçon au premier plan était en short, coiffé d'un chapeau de paille, la petite fille blonde portait une robe légère.

« Ce cliché a été pris en Géorgie où mes parents avaient une résidence d'été. À l'époque, les citoyens d'Užupis, bien souvent, partaient en vacances assez loin », a poursuivi Hal.

Vladimir pour le coup affichait un profond ennui, sans doute lassé de compulser ces vieilles images.

« Moi, il y a une chose que je ne m'explique pas, est intervenu Alvydas, c'est que ta cousine soit cette fillette blonde. Ton père, ton oncle, toi, vous avez des traits asiatiques et des cheveux noirs. »

Hal a acquiescé, partageant semble-t-il la remarque d'Alvydas.

« C'est un peu compliqué à expliquer…

— Et alors, où voulez-vous en venir ? Allez-vous nous dire que vous avez trouvé dans ces photos la moindre preuve d'une République d'Užupis ? »

Irrité, Vladimir a brutalement interrompu Hal. Une interruption qui a surpris ce dernier, lequel est demeuré un temps muet jusqu'à ce qu'il sorte, comme si une idée venait de le frapper, une petite boîte de sa valise.

« Une preuve, je pense que j'en détiens une. »

Ayant ouvert la boîte, Hal a montré ce qu'elle renfermait, une médaille.

« Ceci est une décoration. Celle que mon père a reçue du président de la République d'Užupis. Lisez ce qui est marqué là : *Président de la République d'Užupis.* »

Alvydas a pris la boîte des mains de Hal et a présenté la médaille à Vladimir. Celui-ci l'a considérée avec un certain dédain.

« Cette médaille, vous la voyez sur les photos aussi. Regardez, c'est elle, là, épinglée sur la poitrine de mon père. »

Vladimir, qui ne paraissait guère convaincu, n'a pas hésité à se moquer.

« Les photos, et maintenant la médaille. C'est fichtrement bien monté. »

Il s'est levé et s'est dirigé en boitant vers l'une des bibliothèques dont il a extrait un volume d'encyclopédie qu'il a rapporté à Hal.

« Allez-y ! Cherchez là-dedans. Dites-nous s'il y a une entrée sur la République d'Užupis. Je parie que vous ne trouverez rien. »

Il a présenté le volume à Hal. Abasourdi, Hal n'osait pas l'ouvrir. Mais Alvydas a attiré le livre à lui et a commencé à le compulser tandis que Vladimir poursuivait d'un ton triomphant :

« Bien sûr, on ne sait jamais, vous trouverez peut-être une telle entrée dans la prochaine édition, ou la suivante, dans dix ans, si vous arrivez à fonder votre fameuse république. »

Hal se taisait. Alvydas a feuilleté l'encyclopédie avec grand soin, à la recherche de la République d'Užupis.

« Vous avez trouvé la définition ? a piqué Vladimir, acerbe. C'est simple et clair, ça veut juste dire : *de l'autre côté de la rivière*. Voilà tout. Ce n'est pas le nom d'un pays. »

Visiblement découragé, Hal a poussé un long soupir.

Au même moment, la femme ivre qui était restée assise, courbée, à côté de Vladimir, a relevé la tête et a déclaré d'une voix pâteuse :

« En français *Užupis* ça donne : *où-je-pisse*, ça veut dire, l'endroit où je fais pipi. Elle doit donc être aux toilettes, cette république. »

La réplique de Vladimir a été aussi immédiate que brutale, il l'a giflée en criant :

« Ferme-la ! »

Le coup a été si violent que la femme a dégringolé de sa chaise et est tombée lourdement au sol. La regardant qui se débattait par terre, hagarde, cherchant à se relever, il a tonné une fois encore :

« Ivrogne de pute française ! »

La femme qui gémissait par terre est parvenue à se saisir d'un coin de table et à se redresser vaille que vaille. Puis elle s'est rassise et a repris sa posture tassée, les yeux baissés. Un bref moment de silence gêné a suivi l'altercation puis Vladimir a repris son discours, impétueux, comme si de rien n'était.

« Qu'un étranger dans votre genre ait fait tout ce chemin pensant qu'il existait une pseudo-République d'Užupis, ça me dépasse. Comment peut-on se mettre une pareille idée en tête ? »

Hal gardait un silence maussade, mais Vladimir a insisté, moqueur :

« Ah, certes on trouve des ivrognes dans le quartier d'Užupis, sur l'autre rive de la Vilnia. Certes ils ont proclamé l'indépendance de leur quartier un 1er avril, pour la blague. Il se peut que leur petit jeu ait pu exciter l'imaginaire d'un étranger naïf. Si vous trouvez que ça en vaut la peine, allez à leur rencontre demain ! »

Alvydas semblait désolé de la tournure prise par les événements et pour Hal tout pitoyable à présent. Troublé, il s'est adressé à Vladimir :

« La Russie compte de nombreuses régions autonomes, pourquoi Užupis ne serait pas l'une d'elles ?

— Dans ce cas il va falloir aller en Russie et fouiller jusqu'en Sibérie pour la trouver.

— N'y a-t-il vraiment pas le moindre document historique sur une nation d'Užupis, une nation qui aurait réellement existé ?

— Pourquoi pas ?! a répondu immédiatement Vladimir. Si ça se trouve un archéologue de génie va nous dénicher un jour prochain je ne sais quels manuscrits de la mer Morte sur la République d'Užupis. »

Vladimir a ri de bon cœur à sa propre plaisanterie. Un rire très gai. Hal a commencé à rassembler ses photos et la médaille qu'il avait sortie de la boîte et Vladimir a murmuré comme pour lui-même :

« Je n'en reviens pas de ces étrangers qui débarquent dans notre pays pour se rendre dans une soi-disant République d'Užupis… »

Hal a relevé la tête, a regardé Vladimir droit dans les yeux.

« Vous voulez dire que d'autres sont venus avant moi qui cherchaient aussi la République d'Užupis ?

— Oh que oui ! Il y a quelques années de ça. Un Asiatique dans votre genre. Il venait peut-être du Kazakhstan ou de l'Ouzbékistan, à moins que comme vous il ne soit venu de *Hun*.

— Qu'est-il devenu ? a demandé Alvydas.

— Il est mort. Il a passé quelques jours à Vilnius, il allait ici et là. Il a fini par se tirer une balle dans la tête.

— Pourquoi s'est-il suicidé ?

— Qui sait. »

Après cette réplique de Vladimir, la conversation s'est éteinte.

Lorsque soudain un coup de feu a éclaté à leurs oreilles. Tous ont sursauté et ont tourné la tête vers la détonation.

« Ils sont incapables de ne pas faire de conneries quand ils sont ensemble ! Qui c'est cette fois-ci ? » a hurlé Vladimir en bondissant de sa chaise et en se précipitant hors de la pièce. Hal a remarqué qu'il boitait de façon très marquée. Alvydas l'a suivi et Hal s'est dépêché de ranger ses affaires. Seule Sophie, ivre, n'a pas bougé, la tête toujours basse.

Quand Hal a rejoint à son tour la pièce principale, la masse des invités, attirée par le coup de feu, bourdonnait. Vladimir grondait face à la foule. Peu après est apparu monsieur Eigis, sur le palier de l'étage.

Il a descendu l'escalier, tenant dans sa main levée un revolver, le doigt sur la détente, affichant un large sourire destiné sans doute à rassurer ses convives. Exagérant ses gestes, il parlait d'une voix forte. Vladimir a levé la tête dans sa direction et lui a lancé une question. Hal a imaginé qu'il demandait : « Que s'est-il passé ? » ou encore : « Qui a tiré sur qui ? » Toujours avec de grands gestes, monsieur Eigis a répondu. Peut-être expliquait-il qu'il avait tiré par mégarde. Vladimir ne semblait pas le croire et a aboyé une nouvelle question. Monsieur Eigis a pris un air chagrin pour renouveler son explication plus vivement encore.

« Qu'est-ce qu'ils racontent ? a demandé Hal.

— Il ignorait que l'arme était chargée », a répondu Alvydas.

C'est alors que Jurgita est apparue en haut de l'escalier. Elle portait un manteau noir. Elle a commencé à descendre, soutenue par une autre femme. Le silence s'est fait dans la salle. Monsieur Eigis lui-même semblait comprendre qu'aucune explication ne pourrait plus le dédouaner.

Quand Jurgita est arrivée au bas de l'escalier, les invités se sont écartés pour lui ouvrir le chemin. Le visage blafard, elle a traversé la foule. Tous les regards l'accompagnaient. Arrivée au niveau de Hal, elle a tourné la tête et l'a regardé. Puis elle est sortie.

Juste après qu'elle s'est éclipsée, monsieur Eigis s'est adressé à ses invités. Les termes du discours devaient être du genre : voilà, l'incident est terminé, que la fête reprenne. À peine sa déclaration achevée, une musique joyeuse a enchaîné. Monsieur Eigis, le revolver toujours à la main, a remonté l'escalier en homme pressé avant de disparaître. Mais l'ambiance ne revenait pas à la fête, par petits groupes les gens chuchotaient.

« Une soirée magnifique, n'est-ce pas ? » a dit Andreï aux grosses lunettes en se rapprochant de Hal.

Pour toute réponse, Hal a fait une grimace.

« Il ne faut pas s'inquiéter, ce genre de truc arrive chaque année ! C'est aussi ce qui donne leur sel aux soirées de monsieur Eigis. »

Hal lui a enfin souri. Andreï s'est fondu prestement dans la foule.

Pas impossible qu'Andreï ait été dans le vrai, les gens alentour oubliaient peu à peu l'incident, ils se remettaient à danser, à rire, à bavarder. Plus tard, un vieil homme aux allures de médecin et portant une trousse est monté à l'étage sans que personne semble y prêter attention.

Mû par une intuition subite, Hal a escaladé les marches, se dirigeant vers la salle où il avait vu Jurgita jouer du piano. La lumière brillait toujours mais la pièce était vide. Il y avait des traces de sang sur le clavier de l'instrument et sur le tapis.

Hal a entendu des voix venant de la pièce voisine. Les deux communiquaient par une porte restée entrouverte, située derrière le piano. Hal s'est approché à pas prudents. Dissimulé derrière la porte, il a jeté un regard de l'autre côté.

Il s'agissait d'une chambre à coucher. Le regard de Hal a été attiré par la silhouette d'un homme massif, celui qui lui avait été désigné comme directeur d'une compagnie aérienne danoise. À l'évidence, il avait reçu une balle dans l'épaule. Il était assis dans un canapé, torse nu. Le vieux médecin soignait la blessure. Sur l'accoudoir du canapé, une chemise blanche tachée de sang. À côté du blessé et de son médecin, aidant ce dernier, madame Eigis. Debout, agité, son mari arpentait la chambre. À la main il tenait quelque chose enveloppé dans une serviette blanche, probablement le revolver, s'est dit Hal.

« Aïe ! »

L'homme au corps massif a poussé un gémissement accompagné d'une grimace. Le médecin lui a dit quelque chose que Hal n'a pas saisi. La blessure semblait superficielle.

Le blessé a parlé à monsieur Eigis. Monsieur Eigis s'est empressé de sortir son paquet de cigarettes de sa poche, en a tiré une qu'il a mise entre les lèvres du directeur de la compagnie aérienne danoise. Après quoi il a cherché à la hâte un briquet pour l'allumer. À s'agiter de la sorte, il s'est trouvé à poser le revolver enveloppé dans une serviette blanche. La vue de l'arme a semblé terrifier madame Eigis qui a fait une remarque à son mari. Sans doute pour se plaindre qu'il n'ait pas encore rangé l'arme. Monsieur Eigis a hoché la tête, façon de dire qu'il avait pris bonne note. Il a ramassé le revolver et est sorti précipitamment. Hal s'est aussitôt dissimulé derrière la porte.

Dans la grande salle, monsieur Eigis s'est dirigé vers un escalier en colimaçon qu'il a monté d'un pas pressé et a disparu. Hal s'est dit qu'il devait y avoir une pièce secrète là-haut, une chambre dans un grenier. Après une courte hésitation, il est monté à son tour.

L'endroit où il a débouché en sortant de l'escalier avait dû servir de salle d'étude pour des enfants mais s'était transformé en une sorte d'entrepôt chargé de bibelots et de vieilleries. Quand Hal a ouvert la porte, monsieur Eigis soulevait une latte du plancher après avoir roulé le tapis. Sans doute comptait-il y dissimuler le revolver. Au bruit de la porte, il a relevé la tête d'un air paniqué et a crié :

« C'est interdit, n'entrez pas ! »

Hal, comme si l'autre n'avait rien dit, a juste réclamé :

« Pouvez-vous me le vendre ? »

Monsieur Eigis n'a pas semblé avoir compris et a répété sèchement :

« Sortez. Vous ne pouvez pas rester ici. »

Sans lui répondre, Hal s'est dirigé vers la table d'enfant au centre de la pièce, s'y est assis, a tiré un chèque de son chéquier, a écrit une somme et signé en dessous. Il a détaché le chèque et l'a tendu à monsieur Eigis.

« Tenez, cédez-moi cette arme, s'il vous plaît.

— Mais, que comptez-vous en faire ? a interrogé monsieur Eigis, soupçonneux.

— Je voudrais juste un souvenir. Une chose qui me rappellera cette soirée. »

Monsieur Eigis semblait encore incertain. Toutefois il a sorti ses lunettes de lecture, les a chaussées et a examiné le chèque de Hal. Les yeux rivés sur le papier, il a conservé cette même tête incrédule, il paraissait lire et relire la somme. Il a fini par dire :

« Si vous y tenez vraiment, je ne vois pas de raison de m'y opposer. Après tout, c'est un souvenir comme un autre. »

Tout en parlant, il a tendu à Hal l'objet enroulé dans la serviette blanche. Hal lui a pratiquement arraché des mains et l'a empoché aussitôt.

« Vous ne devrez dire à personne que je vous ai vendu ça. Vous me le promettez ? a insisté monsieur Eigis qui ne paraissait pas rassuré le moins du monde.

— Je vous le promets. »

Monsieur Eigis a paru se détendre. Pris d'une inspiration soudaine, il a sorti d'un placard une boîte de munitions. Remettant à Hal la boîte, il a dit sur le ton de quelqu'un qui se montrerait généreux :

« Tenez, c'est cadeau. De toute façon, je n'en aurai plus l'usage.

— Merci. Dites-moi, vous avez une maison magnifique. Depuis quand habitez-vous ici ? » a demandé Hal en fourrant les cartouches dans sa poche.

La question inattendue a dérouté monsieur Eigis. Enfin il a retourné la question :

« Vous… Pourquoi vous me demandez ça ? »

Hal n'a pas répondu tout de suite. Il réfléchissait à ce qu'il allait dire. Pour finir il a marmonné :

« Je ne sais pas, j'ai une impression bizarre. Comme si j'étais déjà venu dans cette maison, il y a très longtemps. »

Monsieur Eigis a haussé les épaules :

« Ma foi, pourquoi pas. »

Hal a haussé les épaules à son tour puis a tendu la main à monsieur Eigis.

« C'était une très agréable soirée.

— C'était un honneur de recevoir un monsieur de votre qualité », a déclaré monsieur Eigis, serrant la main de Hal.

Après cet échange, Hal s'est engagé dans l'escalier en colimaçon, suivi de monsieur Eigis.

« Pensez-vous vraiment que cette maison est splendide ?

— Pourquoi, ce n'est pas votre avis ? »

Monsieur Eigis a hésité avant de répondre.

« C'est vrai, c'est une maison dont on peut dire qu'elle est splendide. Seulement, l'hiver c'est un vrai problème pour se chauffer. Et dans notre pays, le pétrole coûte atrocement cher.

— Pourtant, dans le temps, la maison n'était pas chauffée au pétrole », a lâché Hal.

Mais aussitôt il a trouvé que sa réplique n'était pas de mise et s'est tourné vers monsieur Eigis. Heureusement le grand Eigis qui descendait les marches derrière lui n'avait semble-t-il pas tout suivi. Hal a corrigé :

« Pourtant, autrefois, cette maison n'était sans doute pas chauffée au pétrole ? »

Monsieur Eigis, comme s'il venait juste de saisir les propos de Hal, a renchéri :

« Sûr, autrefois, le chauffage au fioul n'existait pas. »

Arrivé en bas de l'escalier, dans la grande salle du piano à queue, Monsieur Eigis a tendu la main à Hal et a dit une nouvelle fois :

« C'était un honneur de recevoir un monsieur de votre qualité.

— C'était une très agréable soirée », a répondu Hal en serrant sa main.

Après quoi Hal est descendu dans la salle principale, à l'étage au-dessous, où continuait la fête. Une musique rythmée et joyeuse égayait les invités, tout le monde dansait. On aurait dit que ces gens avaient oublié l'incident du coup de feu.

Hal a parcouru la salle à la recherche de Rimas. Celui-ci était introuvable. Il a encore cherché dans le couloir, la cuisine, le patio, mais sans succès. Peut-être était-il déjà parti. Alors Hal a repris sa valise et a quitté la maison de monsieur Eigis.

Les rencontres dans la nuit

Au-dehors, il neigeait, l'air était froid et humide. Hal s'est avancé dans les rues sombres, il toussait. Assez vite, il s'est égaré. Les ruelles, mal éclairées, formaient un enchevêtrement confus. Pour un nouveau venu, se retrouver dans ce lacis était une tâche impossible. Pour ne rien arranger, les rues étaient désertes, la nuit déjà fort avancée, il n'y avait personne à qui demander sa route.

Hal cheminait tant bien que mal, faisant des allers-retours, butant sur une bifurcation, hésitant, quand soudain, au détour d'une rue, il a eu un sursaut et a trébuché en reculant. En face de lui, dans la pénombre, à l'angle de deux rues, se tenait un homme, grand – près de deux mètres, a estimé Hal –, d'âge moyen, immobile. Pour un peu Hal aurait pu le heurter. L'homme, telle une statue plantée au carrefour, ne bougeait pas.

Hal a levé les yeux tout en enroulant machinalement son doigt sur la détente du revolver dans sa poche. Mais l'homme ne paraissait pas dangereux. Aucune agressivité ne se lisait sur son visage. En fait, il semblait trop âgé ou trop usé pour être menaçant, avec ses joues creuses et ses épaules voûtées. Hal a pensé à un chômeur, ou peut-être un exilé qui aurait passé des nombreuses années en Sibérie, déporté pendant l'Occupation. L'homme ne faisait aucun mouvement, il restait juste là, planté, à regarder Hal de son visage inexpressif.

Quand Hal a été sûr de n'avoir rien à craindre, son doigt s'est retiré du pontet de l'arme et il a salué l'homme :

« Bonsoir ! »

Mais celui-ci n'a pas bronché, continuant de darder sur Hal ses yeux vides. Hal s'est demandé s'il n'avait pas à faire à une sorte de fantôme, d'autant que la tête et les épaules de l'étrange apparition étaient recouvertes d'une épaisse couche de neige, comme s'il était ici et dans la même posture depuis fort longtemps.

« Je me suis perdu. Sauriez-vous par hasard comment se rendre à l'Hôtel Užupis ? »

Hal avait parlé haut, avec un sourire forcé, essayant d'étouffer dans sa voix la peur qui l'envahissait à nouveau. L'autre ne réagissant toujours pas, Hal a jugé que le meilleur parti à prendre était de s'éloigner sans tarder de cet étrange personnage.

« Eh bien, c'est sans importance. Vous ne parlez pas anglais, j'imagine. Oh, ce n'est pas votre faute si vous ne parlez pas anglais. Vous n'êtes pas né en Angleterre ni aux USA, voilà tout. »

Sur ces mots, Hal s'est éclipsé prestement, s'engageant dans la première rue, pressant le pas sans savoir dans quelle direction il allait. « Mince, qu'est-ce qu'il neige ! » a-t-il grommelé.

Dans son dos, une voix l'a interpellé:

« Hal ? C'est bien toi, Hal ? »

Un frisson a couru le long de sa colonne vertébrale. Ce qu'il venait d'entendre n'était ni de l'anglais ni du lituanien mais de l'užupisien.

Hal s'est retourné. Personne, juste l'homme qui se tenait là-bas, à l'angle de la rue. Il ne pouvait croire que les mots qu'il venait d'entendre avaient été prononcés par cet homme immobile, pourtant il s'est écrié :

« Est-ce vous qui venez de parler ? »

La question de Hal était sortie de sa bouche non en užupisien mais en anglais. Hal a voulu répéter sa phrase en langue d'Užupis mais il ne parvenait à former aucune syllabe. C'est alors que la même voix a parlé dans la nuit, en užupisien :

« Hal ! C'est bien toi ? Tu es revenu, c'est bien ça ? »

L'homme qui se tenait debout là-bas à l'angle de la rue semblait toujours fixer Hal de son regard. Hal ne pouvait toujours pas croire que c'était lui qui venait de l'apostropher, pourtant il lui a crié :

« Comment me connaissez-vous ? »

Une nouvelle fois, les mots qui avaient quitté sa bouche étaient en anglais. De toute évidence Hal comprenait l'užupisien mais en avait perdu l'usage.

« Mon nom est Urbonas. Je savais que tu reviendrais. »

C'était très étrange car l'homme à l'angle de la rue paraissait n'avoir pas bougé. Hal s'est presque demandé si l'homme n'était pas ventriloque. Tremblant de surprise et de joie, il a crié :

« Urbonas ! »

Au même moment une voiture de police, gyrophare allumé, est apparue à l'autre bout de la rue. La voyant, l'homme s'est défilé rapidement. Hal a continué de crier après lui :

« Attends ! Attends, juste un instant ! »

Mais l'homme avait déjà disparu, happé par la nuit.

« Urbonas ! Urbonas … »

Hal a continué de marmonner pour lui seul, fouillant des yeux l'obscurité où l'homme avait disparu. Passant à ses côtés, la voiture a ralenti, qui semblait prête à s'arrêter. Un étranger traînant une énorme valise, seul dans la nuit et sous la neige, ne pouvait manquer d'étonner. Mais finalement la voiture ne s'est pas arrêtée. Quoique Hal ait paru peu ordinaire, ils n'avaient pas dû trouver de motif sérieux justifiant un contrôle. Toutefois la voiture roulait avec lenteur, faisant sentir le poids du soupçon de leurs occupants. Hal se trouvait dans le quartier du palais présidentiel de Lituanie, les patrouilles devaient y être particulièrement fréquentes.

Après leur passage, Hal n'a pas bougé. Il devait espérer un retour d'Urbonas. Mais celui-ci était bel et bien parti et Hal, debout sous la neige, silencieux, à l'angle de deux rues, n'offrait pas une silhouette bien différente de celle d'Urbonas quelques minutes plus tôt.

Hal ne savait plus depuis combien de temps il attendait ainsi, à s'engourdir dans le froid, quand est apparue une ombre là-bas. Hal s'est exclamé, tout joyeux :

« Urbonas ! »

L'ombre avait pris la forme d'un homme tandis qu'elle progressait lentement vers Hal, sans répondre à son appel. L'homme avançait très lentement, donnant l'impression que chaque pas lui coûtait une peine infinie. Impatient, Hal s'est précipité à sa rencontre. Ce n'était pas Urbonas. Cet homme portait sur les épaules une énorme horloge. S'il marchait avec de telles difficultés, c'était sous le poids de son fardeau.

Profondément déçu, Hal s'est figé sur place. L'homme à l'horloge a continué silencieusement son chemin sans prêter attention à lui. C'était une très étrange scène que cet homme semblant porter son propre cercueil.

Quand l'homme portant son horloge a disparu, Hal s'est remis en marche, déplaçant ses pas de plomb. Il semblait chercher à retrouver son chemin. Il semblait aussi avoir perdu tout sens de l'orientation. Son errance dans les dédales de ruelles l'éloignait de plus en plus de l'hôtel. Pire, il commençait à sentir sa conscience s'obscurcir dans ce froid extrême.

Tandis qu'il errait dans les ruelles sombres, Hal est miraculeusement tombé sur Rimas. Il avait dû quitter la soirée de monsieur Eigis et retournait chez lui. Hal, trop heureux de cette rencontre, a appelé :

« Rimas ! »

Rimas n'a pas paru plus heureux que ça de leur rencontre. Au contraire, il était manifestement et inexplicablement en colère.

« Rimas, je suis perdu ! Je dois retourner à l'Hôtel Užupis, je suis incapable de retrouver le chemin ! »

Après que Hal l'a supplié de la sorte, Rimas a fini par répondre, réticent :

« Ah ben, si c'est pour aller à l'Hôtel Užupis, vous n'êtes pas dans le bon sens. C'est à l'opposé. »

À son expression, clairement, Rimas n'avait aucune envie de se montrer plus obligeant.

« Rimas ! a prié Hal en le prenant par le bras. Ne m'abandonne pas ! Je meurs de froid, ça fait une heure que j'erre dans les rues et je suis gelé. S'il te plaît, il faut m'aider. »

Hal avait beau supplier, Rimas continuait à le considérer avec mépris.

« Tu te fais des idées fausses sur moi, Rimas. Je vois de la colère sur ton visage. Es-tu fâché parce que je suis parti sans t'avoir salué ? Si c'est pour cette raison, c'est un malentendu. Je t'ai cherché avant de quitter la demeure de monsieur Eigis, mais tu n'étais nulle part. Voilà pourquoi je suis parti seul. »

En dépit des explications de Hal, Rimas restait braqué, l'expression dure, jusqu'à ce qu'il s'emporte :

« Je veux une réponse franche ! Quelle est ta relation avec elle ? As-tu oui ou non couché avec elle ? »

Stupéfait par la question, Hal l'a interrogé en retour :

« Mais de qui parles-tu ?

— Celle avec laquelle tu as dansé, Vilma.

— Vilma ? Tu me demandes si j'ai couché avec Vilma ? Jamais, rien du tout, enfin ! »

Rimas écoutait Hal sans parvenir à savoir s'il pouvait ou non le croire. Hal a poursuivi :

« Ce malentendu n'a aucune raison d'être. Cela fait moins de sept heures que je suis entré dans ce pays. J'ai pris l'avion pour Vilnius afin de me rendre en Užupis. Mais voilà, je suis tombé sur un chauffeur de taxi malhonnête, il a roulé durant une heure pour faire tourner son compteur avant de me laisser devant l'Hôtel Užupis et de filer. J'ai rencontré Vilma au bar de l'hôtel, je ne l'avais jamais vue auparavant. Et ce n'était pas un tête-à-tête d'ailleurs, nous étions avec ses amis, Alvydas, Layrynas, Marius et Aiste. C'est eux qui m'ont emmené dans la soirée de monsieur Eigis. Tu vois bien que je n'ai aucune relation d'aucune sorte avec Vilma. »

Rimas a semblé se détendre.

« Ah, c'est la même histoire à Minsk, les taxis abusent des étrangers.

— Peux-tu m'emmener dans un endroit chaud, je suis transi, a imploré Hal.

— Oui, je crois que tu as besoin de te réchauffer, a confirmé Rimas. Mais à une condition. »

Soulagé, Hal a appuyé sa tête contre l'épaule de Rimas, comme s'il avait rencontré le Messie.

« Tout ce que tu veux pourvu que j'échappe à ce froid. »

Rimas a parlé d'un ton ferme :

« Promets-moi que tu ne toucheras jamais à Vilma. »

Hochant exagérément la tête, Hal a juré :

« Bien sûr que je te le promets. Je ne poserai pas la main sur elle, sois sans crainte. »

Le visage de Rimas s'est adouci.

« Avant de rejoindre l'hôtel, tu dois te réchauffer. Accroche-toi bien », a dit Rimas en lui offrant son bras.

Ils ont repris leur marche dans les rues où la neige ne cessait de tomber.

« Donne-moi ta valise, je vais la porter. »

Hal qui avançait en appuyant sa tête sur l'épaule de Rimas s'est tendu subitement. Il a répondu :

« Non, je ne peux pas, du reste elle ne pèse pas tant que ça. »

Puis, sur un ton d'excuse :

« Oh, ce n'est pas qu'elle contienne des choses de grande valeur, mais je ne peux pas la laisser à d'autres. Elle contient les affaires de mon père. »

Rimas l'écoutait silencieusement. Hal a poursuivi :

« Les affaires de mon père n'ont rien de si précieux non plus. Un smoking, un chapeau, une paire de chaussures, etc., ce qu'il portait quand il était diplomate, ce genre de choses. Mais pour moi elles sont plus importantes que tout. Elles contiennent tous mes souvenirs, toute l'époque où ma famille vivait heureuse en République d'Užupis. Comprends-tu à présent ? »

Rimas l'écoutait dans le plus grand silence.

Après une pause, Hal a repris ses explications :

« Et puis voilà, si tu veux tout savoir, il y a les cendres de mon père dans cette valise. Avant de mourir, il m'a demandé d'enterrer ses cendres dans son pays natal. C'est la raison pour laquelle je ne peux confier cette valise à personne. Me comprends-tu ?»

Rimas, sans répondre à Hal, l'a conduit vers un petit café ouvert au coin d'une rue. Comme ils pénétraient dans l'établissement, Rimas soutenant Hal, ce dernier a remarqué une enseigne qui portait les mots Mano Kabina.

Une fois assis devant la table, Rimas a commandé une soupe pour Hal et pour lui une vodka.

Dès que la soupe a été servie, Hal y a plongé sa cuiller. Quant à Rimas, sans voir le verre posé devant lui, il se contentait d'observer Hal. La soupe a dégelé peu à peu le corps et l'esprit de Hal. Il s'est redressé pour faire cette déclaration à Rimas :

« Rimas, ce soir, tu m'as sauvé la vie. Je te remercie du plus profond du cœur. »

Tandis qu'il exprimait ces remerciements, la morve coulait de son nez. Rimas a sorti un mouchoir qu'il a offert à Hal en disant :

« Tant que tu ne jettes pas ton dévolu sur Vilma, tu es mon ami. »

Hal s'est empressé de répliquer :

« J'ai compris que tu t'étais fait de fausses idées sur mon compte. Je n'éprouve rien pour Vilma. »

Il s'est interrompu, a guetté l'éventuelle réaction de Rimas avant de reprendre :

« Certes, Vilma est une belle femme. Le teint clair, de grands yeux, elle possède une beauté mystérieuse. »

À ces mots, un sourire doux mais éphémère est passé sur le visage de Rimas. Mais tout doute ne l'avait pas encore quitté. Hal a poursuivi :

« Vilma est belle, mais j'éprouve pour elle les sentiments d'un cousin. Je ne la vois pas comme une femme, tu comprends. D'ailleurs si je suis ici, c'est pour la République d'Užupis, pas pour séduire les femmes. »

Ce discours a semblé convaincre Rimas. Il a souri.

« Tu dis vrai. Vilma a cette beauté mystérieuse. C'est pourquoi je l'aime en secret depuis dix ans. C'est un peu, pour ainsi dire, un amour malheureux. »

Sur ces mots, Rimas a levé sa vodka et a vidé son verre d'un trait.

« Il y a dix ans de cela, Biélorussie et Lituanie étaient encore sous le joug soviétique. À l'époque un orchestre de musique traditionnelle de Minsk venait régulièrement donner des concerts à Vilnius. J'avais juste trente ans et Vilma, dix-sept. Avec son visage si blanc et ses grands yeux, on aurait dit un ange. Depuis ce jour je reviens chaque hiver à Vilnius. Parce que c'est en hiver que je l'ai vue la première fois. Jusqu'à maintenant, je ne lui ai jamais adressé la parole. Je ne fais que la regarder de loin.

— Oh, tu as l'amour de Dante pour sa Béatrice ! »

Hal avait eu cette exclamation tandis que le sommeil fermait inexorablement ses yeux. L'histoire d'amour entre Rimas et Vilma ne paraissait pas vraiment l'intéresser. Il était surtout exténué par les pérégrinations de sa nuit. Rien que le décalage horaire aurait suffi à le mener au sommeil. Il a néanmoins réussi une fois ou deux à relancer Rimas de quelques questions.

« Si tu l'aimes tant, pourquoi ne pas la demander en mariage ? Peut-être a-t-elle besoin de toi elle aussi. »

Rimas a répondu quelque chose mais Hal n'a rien retenu. Et, pendant que Rimas chantait les louanges de sa belle, Hal s'est endormi profondément contre la table.

Apparemment, Rimas a continué ses récits amoureux après que Hal s'était endormi. Apparemment il a commandé une ou deux autres vodkas. Combien de temps tout cela a-t-il duré ? Soudain Hal s'est réveillé, Rimas le secouait par l'épaule.

« Il faut que tu dormes. À présent que tu t'es réchauffé, nous allons regagner l'hôtel. Je te raccompagne. »

Hal s'est dressé d'un coup, saisissant son énorme valise. Il a voulu payer la soupe et les vodkas mais Rimas avait déjà tout réglé. Alors Hal a remercié une nouvelle fois Rimas et a dit que ce serait son tour la prochaine fois.

Ils sont sortis du Mano Kabina et ont marché dans les rues, dans la nuit et la neige à nouveau. Requinqué par la soupe, reposé par sa brève sieste, Hal avait le pas plus léger, au contraire de Rimas qui, sous l'effet de l'alcool, titubait légèrement.

Devant la porte de l'Hôtel d'Užupis, avant qu'ils se séparent, Hal a demandé à Rimas s'ils pourraient se revoir le lendemain. Hal pensait sans doute que Rimas détenait des informations importantes sur la République d'Užupis.

Mais Rimas, face à la requête de Hal, montrait une expression vague, restait évasif. Hal a renouvelé sa proposition d'une voix suppliante.

« Oh, Rimas, ce serait pour moi un tel regret que nous nous quittions ainsi. Que dirais-tu de venir prendre le petit déjeuner avec moi, ici, à l'hôtel, demain matin ? »

Rimas gardait le même air indécis et ne donnait pas de réponse claire. Hal a insisté :

« Si huit heures te semble trop tôt, mettons neuf heures ? Sinon, dix heures, ça me va aussi. Je t'attendrai. »

Toujours aucune réponse de Rimas.

« Si ça te pose problème de venir jusqu'ici, je peux venir te voir. Tu n'as qu'à me donner l'adresse de l'ami biélorusse chez qui tu loges, et je te retrouverai là-bas. »

Rimas s'est enfin décidé à lâcher quelques mots.

« C'est assez délicat. Mon ami n'aime pas trop que je fasse venir des gens chez lui. Je vais voir si je peux te retrouver à l'hôtel plutôt, mais je ne peux rien te promettre.

— Tu ne peux rien me promettre, mais pourquoi ?

— Il est possible que demain je prenne le car pour Chişinău, si le temps le permet.

— Pour Chişinău ?

— Oui, la capitale moldave. Par ce temps ça prend au moins trois jours pour aller à Chişinău via Varsovie. »

Hal n'a pas renchéri mais son visage était désespéré. Sur un ton d'excuse, Rimas a expliqué :

« J'ai un petit frère. Il est marié à une Moldave et ils vivent à Chişinău. J'ai reçu un message. Il a un cancer. Il vient d'être hospitalisé. J'ai besoin de le voir une dernière fois. Il faudra aussi que je parle à sa femme, Donata, au sujet de leurs trois enfants, ce qu'ils vont devenir après sa mort.

— Oh, je suis tellement désolé d'entendre cela ! Mais pourquoi penses-tu qu'il va mourir, il paraît que l'on peut guérir du cancer quand il est dépisté assez tôt. »

D'une voix monotone et sans émotion visible, Rimas a répondu :

« Il semble que ce soit trop tard. Il ne mourra pas tout de suite mais… »

Hal a soupiré. Puis il a ajouté avec prudence :

« Si jamais la neige te retient encore quelques jours à Vilnius, pourras-tu me le faire savoir ? Si je ne suis pas à l'hôtel, tu pourras laisser un mot à la réception ? Je passerai régulièrement voir si tu m'as laissé un message. Je laisserai moi aussi des messages à ton intention. »

De la tête, Rimas a acquiescé. Puis il est reparti par la route qu'ils avaient empruntée pour rejoindre l'hôtel. Longtemps Hal est resté à suivre des yeux le dos de Rimas qui s'éloignait sous la neige.

À ce moment-là, une jeune vendeuse de fleurs s'est approchée de Hal et lui a tendu une rose sans un mot. Elle avait peut-être treize, quatorze ans, des cheveux blonds et un regard étincelant d'intelligence. Sans doute attendait-elle devant l'hôtel jusque tard dans la nuit pour vendre des fleurs aux clients du bar.

« Tu n'as pas froid ? » s'est inquiété Hal.

Apparemment l'adolescente ne parlait pas anglais. Une nouvelle fois elle a tendu une rose.

« Il fait vraiment froid dans ce pays, a grommelé Hal tout en fouillant ses poches à la recherche d'argent. Rien à voir avec Užupis où il faisait très doux, même en hiver.

— *Tuh-ree litas.* »

Elle voulait sans doute dire trois litas. Hal a pris un billet de deux cents litas qu'il a donné à la jeune fille en lui demandant :

« Est-ce que par hasard tu aurais entendu parler de la République d'Užupis ? »

La jeune vendeuse a pris un air embarrassé, elle n'avait sans doute pas la monnaie.

« Non, bien entendu, comment une petite fille pourrait-elle savoir. Même les adultes disent ne rien y connaître. C'est bon, garde la monnaie, je n'en ai pas besoin. »

Ne sachant ce qu'elle devait faire, la petite a dit quelque chose en lituanien. Elle était embarrassée par ce billet dans sa main.

« C'est comme je t'ai dit, garde l'argent, je ne veux pas la monnaie », a dit Hal avec un geste rassurant. La fille demeurait néanmoins incrédule et indécise.

« Tout va bien. Garde l'argent », a répété Hal en renouvelant son geste de la main.

Cette fois, la fille a paru comprendre. Pour autant, elle ne semblait pas ravie du cadeau. Elle affichait un air de profond désarroi et continuait de répéter des phrases en lituanien. Hal a supposé qu'elle le remerciait.

« Il n'y a pas de quoi, je t'en prie. De toute façon je n'aurai pas besoin de cet argent quand je serai en République d'Užupis. Il fait trop froid ici, je ne compte pas m'y attarder. »

La jeune fille qui n'avait toujours pas compris a continué de parler en lituanien mais Hal s'est détourné et est rentré dans l'hôtel. Il a gagné directement sa chambre.

Une fois chez lui, Hal s'est assis sur un coin du lit et est resté un moment immobile. Il devait attendre que son corps glacé se détende. Après un certain temps, ayant apparemment retrouvé ses moyens, il a ouvert sa valise et a commencé à sortir quelques affaires qu'il a posées au fur et à mesure sur la table de chevet. Il s'agissait du portrait funéraire de son père, dans un cadre, de la médaille de son père, enfin de l'urne enveloppée dans un tissu noir. Elle devait contenir les cendres de son père.

Après avoir disposé l'ensemble à son goût, il a placé sur l'urne la rose rouge qu'il venait d'acheter à la petite vendeuse. En dernier il a sorti le revolver de sa poche et l'a rangé devant le portrait encadré.

Pendant un moment il est resté à contempler ces divers éléments qu'il avait arrangés avec soin. Après quoi il s'est déshabillé et s'est couché. Il a fermé les yeux pour attendre le sommeil. Mais bientôt il s'est relevé, assez brusquement, et s'est assis sur le lit. Il a pris le revolver. Après l'avoir longuement caressé, il a posé ses lèvres sur la poignée de l'arme. Comme s'il venait de retrouver un objet précieux égaré depuis longtemps.

Thomas, Premier ministre de la République d'Užupis

Il était quatre heures du matin lorsque Hal s'est réveillé. Ce qui lui faisait à peine trois heures de repos. Il aurait voulu dormir encore mais le sommeil l'avait définitivement fui, sans doute un contrecoup du décalage horaire.

Il s'est levé, a tiré le rideau de la fenêtre et a regardé au-dehors. Il neigeait toujours, mais des flocons très légers à présent. Il était probable que ce temps n'empêcherait pas Rimas de prendre son car pour Chişinău. Les heures suivantes, Hal les a passées à attendre le lever du jour, tantôt en remuant dans son lit, tantôt en regardant distraitement par la fenêtre.

À huit heures, il faisait encore nuit. Hal est néanmoins descendu à la réception demander si quelqu'un avait cherché à le contacter. Le jeune réceptionniste aux yeux ensommeillés lui a répondu que, non, personne n'avait réclamé après lui. Hal a insisté auprès du jeune homme : qu'il l'appelle dans sa chambre dès que quelqu'un viendrait le voir. Le jeune homme a dit que, oui, ce serait fait. Hal est remonté dans sa chambre.

À neuf heures, il faisait encore sombre. Descendu à la réception, Hal a demandé si quelqu'un avait cherché à le contacter et comme le jeune homme, les yeux toujours ensommeillés, répondait que non, Hal est retourné dans sa chambre.

Vers dix heures enfin l'obscurité a commencé à se disperser. Hal a fait sa valise et est descendu. Le réceptionniste lui a redit que personne n'était venu réclamer après lui. Alors Hal a demandé une feuille et a écrit à Rimas.

Rimas, Mon cher ami,

Si tu n'as pas réussi à avoir un car pour Chişinău aujourd'hui et que tu restes à Vilnius, je te prie de bien vouloir me laisser ton adresse locale. Je repasserai à l'hôtel régulièrement pour voir si tu as eu ce message.

À 10 h 20

Ton ami Hal

P. S. : Vilma est une femme magnifique, à la beauté céleste.

Après avoir confié le mot pour Rimas au réceptionniste, Hal a quitté l'hôtel.

La ville, au matin, semblait encore plus maussade. De sombres et vieux bâtiments bordaient les rues. Un grand nombre de ces immeubles semblait d'ailleurs à l'abandon depuis des lustres. Les trottoirs, comme les routes, étaient verglacés et des congères de neige sales s'étaient formées par endroits, après le passage des véhicules de déblaiement.

Ce matin, tandis que le ciel restait couvert, un brouillard épais avait remplacé la neige et la visibilité était quasi nulle. Les piétons surgissaient d'une nappe de brouillard, en toussant, avant de disparaître dans une autre nappe de brouillard, en toussant. Plongés dans ce climat froid et humide, tous ces gens paraissaient souffrir de pneumonie. Avait-il lui aussi contracté une pneumonie, Hal toussait avec eux, sans s'en rendre compte.

Errant dans les rues embrumées, toussant, ne sachant où il allait, ses pas ont mené Hal aux environs de l'édifice blanc que le chauffeur de taxi lui avait indiqué dans la nuit comme étant le centre culturel municipal. Hal a aperçu un petit restaurant sur l'artère principale et y est entré. Il avait estimé ne plus pouvoir marcher davantage dans cet air glacial et pénétrant qui l'engourdissait jusqu'à la moelle des os.

À l'intérieur, un jeune serveur, crâne rasé et portant des boucles d'oreilles, s'affairait à essuyer des verres. « *Hi !* » a-t-il lancé, mais le serveur n'a pas répondu. Peut-être était-il de ces jeunes qui n'aiment pas les étrangers.

« C'est vraiment quelque chose l'hiver, dans ce pays. »

Cherchant à dissiper sa gêne, Hal s'était aventuré à lui adresser une nouvelle fois la parole. Hélas, au moment où il disait ces mots, une quinte de toux lui a échappé, irrésistible. Le serveur au crâne rasé a esquissé un sourire mais sans répondre. Hal s'est installé à une table près d'une fenêtre donnant sur la rue et a commandé une soupe. À cette heure matinale, il était le seul client.

De l'autre côté de la fenêtre, la neige s'est remise à tomber en fins flocons. Sur le trottoir, les gens recroquevillés pressaient le pas. Sur la chaussée, des voitures roulaient dans un grand bruit de chaînes. De l'autre côté de la rue, à peine visible dans le brouillard, une silhouette qui semblait être celle d'une église laissait deviner le contour d'un dôme.

Le serveur au crâne rasé lui a apporté une soupe brûlante. Hal qui avait erré dans l'air glacé s'est jeté sur le plat. Son front, contrairement à la veille, portait les stigmates de la fatigue.

Hal, avalant à la hâte ses cuillers de soupe, a porté son regard au-dehors. À cet instant une voiture de sport, rouge vif, s'est arrêtée le long du trottoir, juste au niveau de sa fenêtre. Intrigué par cette luxueuse apparition qui ne semblait guère à sa place dans cette ville, Hal ne la quittait plus des yeux. C'est Jurgita, portant des lunettes noires, qui a quitté le siège conducteur de la rutilante voiture de sport. À quatre, cinq mètres de sa fenêtre, Jurgita sortait de sa voiture, d'allure toujours si belle, si gracieuse.

À présent Jurgita traversait la rue, le pas pressé, redressant le col de son manteau sur son visage comme pour éviter d'être vue. Puis elle a pénétré dans l'église qui n'était toujours qu'un contour flou.

Quand il a été sûr qu'elle y était entrée, Hal a posé sa cuiller sur la table. Il s'est essuyé les lèvres, a réglé à la hâte tout en surveillant l'église.

« Nous sommes dimanche, aujourd'hui ? a demandé Hal en payant.

— *No* », a répondu le crâne rasé.

Hal a laissé une pièce de cinq litas en guise de pourboire, a saisi sa valise et est sorti prestement du restaurant. Une fois dehors, il a traversé la rue. Une fois de l'autre côté, il s'est hâté vers l'église où Jurgita venait de disparaître.

Quand Hal s'est approché, il a remarqué que le bâtiment était en travaux, ceint d'échafaudages en acier. En dépit de cela, l'endroit était ouvert. Des vieilles dames, la tête couverte par leurs écharpes noires, entraient et sortaient. Hal a poussé les portes à son tour.

L'intérieur était plus spacieux et somptueux que l'extérieur ne le laissait imaginer. La rénovation de cette partie devait avoir été achevée récemment, tout était propre, resplendissant. Une grande peinture a attiré l'attention de Hal. Dans l'abside, entre les majestueuses colonnes de marbre dorée, le sujet biblique aux couleurs chantantes faisait un contraste éblouissant avec la grisaille de la ville.

Subjugué par l'atmosphère grandiose, Hal a promené un regard prudent autour de la nef. Ce n'était pas un dimanche, il n'y avait pas tant de monde, pourtant Hal ne parvenait pas à voir Jurgita. Pris d'angoisse, oubliant toute prudence, il s'est mis à arpenter les dalles d'un pas vif jusqu'à ce qu'il aperçoive enfin Jurgita, assise seule, en prière.

Il avait retrouvé Jurgita, mais Hal n'osait pas l'approcher. Transfigurée par la peine, elle priait si ardemment que Hal ne pouvait l'interrompre. Absorbée dans sa prière, elle était si belle que personne n'aurait voulu troubler son recueillement. Hal n'avait pas d'autre attitude à adopter que d'attendre à distance.

La prière de Jurgita durait. Alors Hal a posé sa valise et a repris sa contemplation de l'église. Son regard passait des fresques au dôme, s'attardait sur les vitraux, avant de revenir à Jurgita en prière.

Quand une chose imprévue s'est produite.

Soudain, la chaise de Jurgita était vide, le temps d'un coup d'œil distrait et elle n'était plus là. Hal, surpris, l'a rapidement cherchée et l'a enfin aperçue, là-bas, qui se dirigeait d'un pas pressé vers la sortie. Ramassant son bagage, Hal s'est mis à courir dans sa direction. Déjà la silhouette de Jurgita s'échappait au-dehors.

Hal a couru vers les portes de l'église et les quelques personnes qui priaient ont levé les yeux pour assister à la scène très inhabituelle d'un homme asiatique traversant leur nef en courant avec une grosse valise.

Alors que Hal sortait sur le parvis, Jurgita remontait déjà dans sa voiture de sport rouge garée de l'autre côté de la rue. Hal a appelé : « Jurgita ! », mais la voiture a démarré vivement, a fait le tour de la place devant le centre culturel municipal, avant de s'évanouir dans le brouillard. Pour Hal, qui se tenait sur une marche de l'église, il ne restait rien d'autre à faire sinon accompagner de son regard et de ses regrets la voiture qui disparaissait au loin.

Il est resté de longues minutes sur le parvis, profondément atteint. Puis il s'est mis à marcher, suivant ses pas qui l'emmenaient au hasard. Et c'est ainsi, errant d'une ruelle à une autre, qu'il s'est trouvé devant une enseigne où était écrit Mano Kabina. Il venait de retrouver ce café où ils s'étaient réfugiés la nuit dernière, avec Rimas.

Hal est entré au Mano Kabina. Il devait avoir l'espoir d'y retrouver Rimas, mais il était encore tôt et il n'y avait aucun consommateur dans le bar, juste une jeune femme de vingt ans au charmant minois, une employée qui l'a accueilli avec un sourire.

Toussotant, Hal est allé s'asseoir à la table que Rimas et lui-même avaient occupée cette nuit. Jetant un œil par la fenêtre, il a aperçu un haut mur. Le mortier, tombé par endroits, laissait voir des briques nues. Et devant le décor de ce mur tombait infiniment la neige.

La jolie serveuse est venue prendre la commande de Hal dans un anglais très approximatif. Il a demandé une pálinka. Peu après elle a apporté un verre de pálinka et Hal a voulu connaître son nom. Mais apparemment même un anglais basique était trop pour elle qui a répété : « Pálinka ! Pálinka ! » jusqu'à ce que soudain, comme si elle venait de comprendre, elle se mette à clamer : « Zoja ! Zoja ! », ce qui devait être son nom.

« Zoja, je suis venu ici hier soir, très tard, vous vous souvenez ? »

Zoja a hoché vigoureusement la tête avec un sourire rayonnant. Évidemment, impossible pour Hal d'être certain de s'être fait comprendre. Il a néanmoins continué :

« Vous vous souvenez de l'ami qui était avec moi ? »

Zoja, tel un automate, a hoché à nouveau la tête dans un sourire radieux. Voyant cela, Hal a été pris de découragement, son visage a viré à la désolation et il s'est tu. Étonnamment, Zoja, s'exprimant toujours avec ses façons d'automate, a lâché :

« Rimas ! Biélorussie ! »

Aussitôt Hal s'est écrié :

« Vous connaissez Rimas ? Rimas, mon ami de Biélorussie ? »

L'automate Zoja a hoché la tête avec un flamboyant sourire. Très ému, Hal lui a parlé, la regardant droit dans les yeux.

« Zoja ! Zoja, est-ce que Rimas vient souvent ici ?

— Parfois.

— Comment connaissez-vous son nom ?

— Parce que c'est un musicien. »

Hal a acquiescé.

« Si Rimas revient, pouvez-vous lui transmettre un message ? Lui dire : "Hal prie Rimas de lui laisser un mot à l'Hôtel Užupis." »

Vigoureux hochement de tête de Zoja au sourire solaire. Après quoi elle est retournée vers son bar. Hal l'a suivie du regard, à demi confiant. Il a pris le verre devant lui et l'a vidé d'un trait. Après quoi il s'est levé et a repris sa valise.

« Zoja, si Rimas revient, s'il vous plaît, n'oubliez pas de lui transmettre que : "Hal qui vient de *Hun* prie son ami Rimas de Biélorussie de bien vouloir passer à l'Hôtel Užupis et de lui laisser un message." »

Après avoir répété ses instructions, avoir payé sa note au comptoir, avoir reçu une dernière fois l'approbation de Zoja l'automate, et laissé dix litas en guise de pourboire, Hal a quitté le Mano Kabina.

Dehors, sous la neige, Hal a emprunté une petite rue étroite à bonne allure. Une cinquantaine de mètres plus loin, la ruelle aboutissait à une place. Il y avait là un marché en plein air.

Hal s'est promené dans ce marché de piètre apparence. Il s'est dirigé vers un étal où chapeaux et écharpes attendaient le chaland. Il a acheté une large chapka typiquement russe et une écharpe bien épaisse. Il devait se dire qu'il lui faudrait au moins une chapka russe et une écharpe épaisse pour supporter l'hiver froid et humide.

Hal a eu un sourire timide. Probablement se sentait-il ridicule sous cet immense couvre-chef, avec cette écharpe épaisse. Mais la vendeuse, une grosse dame, ne riait pas. Prenant un air grave, elle a déclaré : « *O-ri-gi-na-le !* »

Difficile pour Hal de savoir si elle avait parlé en lituanien, en russe, en polonais ou en n'importe quelle autre langue, comme en užupisien, par exemple. C'est pourquoi il a interrogé la vendeuse, dans quelle langue avait-elle pris cet « *O-ri-gi-na-le* » ? Mais loin de comprendre la question, elle n'a fait que répéter : « *O-ri-gi-na-le ! O-ri-gi-na-le !* » Hal a payé le couvre-chef et l'écharpe. Rendant la monnaie, elle redisait : « *O-ri-gi-na-le !* », les yeux rivés sur son client enroulé dans une écharpe épaisse et la tête couverte d'une énorme chapka.

Une voix familière a alors lancé dans son dos un fracassant : « *O-ri-gi-na-le !* »

Hal s'est retourné, Vladimir aux cheveux d'argent venait à sa rencontre, boitillant derrière ses deux chiens noirs. Ils ressemblaient à des dobermans, et pas mal féroces comme en témoignait leur muselière de gros fils d'acier étincelants. Vladimir leur faisait faire leur promenade, probablement.

« Un proverbe de chez nous dit que l'homme fait le chapeau et que le chapeau fait l'homme. M'est avis que cette maxime est faite pour vous. Vous voici d'un coup transformé en élégant bourgeois », a déclaré Vladimir aux cheveux d'argent, serrant la main de Hal.

Hal était totalement incapable de lui répondre car à ses pieds s'affairaient les deux chiens noirs, qui tantôt reniflaient à grand bruit sa valise, tantôt plongeaient leurs museaux dans ses bas de pantalon. Encore heureux qu'ils aient porté une muselière, s'est dit Hal, sans quoi ils lui auraient sauté à la gorge pour le déchiqueter.

« Eh bien, avez-vous trouvé la République d'Užupis ? »

Sans répondre, Hal a commenté, courroucé :

« Quel bel ami vous faites, à venir m'encercler avec vos horribles molosses. »

Vladimir a tiré sur les laisses en aboyant un ordre à ses chiens. Les dobermans sont revenus aux pieds de leur maître et se sont assis sagement, leurs arrière-trains sur le sol glacé.

« Aucune crainte à avoir, les muselières sont solides. »

Mais Hal, très irrité, a poursuivi :

« Un proverbe de chez moi dit que tous les hommes croient que leurs chiens ne mordent pas comme tous les maris pensent que leurs épouses sont fidèles. »

À cette sortie de Hal, un tressaillement a agité les lèvres de Vladimir. Sans que cela ait été intentionnel, Hal avait dû toucher un point sensible. Quoi qu'il en soit, Vladimir, faisant comme s'il n'avait pas entendu, a continué :

« Puisque vous êtes encore ici, je présume que vous n'avez pas trouvé votre République d'Užupis, n'est-ce pas ? Combien de temps allez-vous poursuivre cette chimère ? »

Une ombre de colère est passée sur le visage de Hal. L'instant d'après il a répondu d'une voix maîtrisée :

« Mon père m'a raconté bien des histoires sur la République d'Užupis. Parmi celles-ci, l'une concernait un boiteux nommé Vladimir Shatunovsky. Je n'avais aucune certitude quant à l'existence d'un tel personnage, car je ne l'avais pas rencontré moi-même. Maintenant, je sais. Il existe bien un Vladimir Shatunovsky et il boite. C'est un fait, que je les crois ou non, des choses existent. Telle que la République d'Užupis. »

À ses mots, Vladimir aux cheveux d'argent est parti d'un grand rire qui faisait la part belle à ses dents blanches et ses gencives pourpres.

« M'avoir rencontré est donc la preuve ontologique que vous attendiez ! Si seulement je ne m'étais pas appelé Vladimir Shatunovsky ! Ou si du moins, m'appelant Vladimir Shatunovsky, je n'avais pas boité ! Cela aurait empêché qu'un honnête bourgeois élégant ne perde son temps à chercher une improbable république. »

Dans la voix de l'homme aux cheveux d'argent perçait quelque chose de rusé, de malin. Ce quelque chose expliquait sans doute le ton impatient de Hal au moment de répondre.

« Les souvenirs des uns et des autres ne coïncident pas, semble-t-il. Mon père se souvenait d'un Shatunovsky boiteux tandis que vous ne vous souvenez pas de mon père. De même ai-je, moi, un souvenir très net de la République d'Užupis, quand vous et beaucoup d'autres soutiennent n'en avoir aucun. Il se pourrait que nous soyons différents les uns des autres précisément parce que nous avons une mémoire différente les uns des autres.

— C'est entendu, a déclaré Vladimir Shatunovsky, cette fois la voix calme et posée, je vais vous conduire en République d'Užupis si c'est ce que vous voulez vraiment. Je vais même vous présenter au président de la République d'Užupis ! »

Devant la mine incrédule de Hal, Vladimir a précisé :

« Bien entendu, si vous n'y tenez pas, je ne vous y emmène pas, à vous de voir. De toutes les manières si je ne le fais pas, un brave citoyen de Vilnius finira par vous y conduire.

— Tout cela m'échappe.

— Venez et vous allez comprendre. »

Sur ces mots, Vladimir s'est mis en marche, boitant et devançant ses chiens. Toujours dubitatif, Hal a pris le parti de le suivre malgré tout.

Ils descendaient la rue depuis cinq minutes quand une rivière étroite s'est présentée devant eux. À peine une rivière, en vérité, on aurait dit un ruisseau tout au plus. Rivière ou ruisseau, quand ils se sont trouvés devant, Vladimir a expliqué :

« Voici la Vilnia, puis désignant l'autre rive il a continué, et là-bas c'est la République d'Užupis. En lituanien, *užupis* signifie “l'autre côté de la rivière”. »

Hal écoutait en silence.

« Regardez, voici la borne frontière. »

Hal a suivi le doigt de Vladimir qui indiquait l'entrée du pont. Sur un panneau était effectivement inscrit :

Vous entrez en République d'Užupis.

Sans rien dire, Hal a souri.

« Êtes-vous prêt ? Nous allons franchir la frontière à présent, suivez-moi. »

Sur ces mots, Vladimir s'est avancé sur le pont, Hal dans ses pas.

De l'autre côté se trouvait un café au nom d'Užupis. Vladimir s'est arrêté devant.

« Voici, pour ainsi dire, le siège du gouvernement d'Užupis ! Entrez, je vais vous présenter quelques personnages importants. »

Ce disant, Vladimir escorté de ses chiens est entré dans le café, Hal à sa suite.

L'intérieur du café était divisé en plusieurs alcôves, le tout agencé selon un plan complexe. Vladimir et son duo de chiens noirs ont inspecté les lieux, le boiteux traînant son pas. La plupart des petites salles étaient vides, celles qui ne l'étaient pas accueillaient des buveurs matinaux. Presque tous semblaient connaître Vladimir, ils se levaient et lui serraient la main. Vladimir saluait chacun. Pour eux, il exagérait son ton et ses manières. Ses yeux pour autant ne cessaient de parcourir les lieux, à la recherche sans doute d'une personne particulière.

Après avoir visité de la sorte plusieurs salles, il a enfin trouvé la personne qu'il cherchait et s'est réjoui : « Ah, Notre Excellence monsieur le Premier ministre ! »

À l'autre bout de la pièce, un homme dormait, avachi sur la table. Boitant, Vladimir est entré dans l'alcôve et s'est assis face au dormeur avant de le secouer.

« Thomas, réveille-toi ! Un de tes administrés est venu de loin pour te voir ! »

L'homme a décollé sa tête de la table. À première vue, il avait une bonne quarantaine mais il était difficile de deviner son âge exact en raison d'une barbe noire qui lui mangeait le visage. L'homme a chaussé ses lunettes et s'est exclamé, joyeux, tendant la main à Vladimir :

« Eh, Vladimir !

— Le Président n'est pas là aujourd'hui ? a demandé Vladimir, serrant la main offerte et semblant bien s'amuser.

— Il est parti pour Riga. Il ne rentrera pas avant plusieurs jours. »

La conversation s'est poursuivie en lituanien. Vladimir contait probablement à l'homme les raisons de la présence parmi eux de Hal. Thomas à la barbe noire hochait la tête en écoutant ses explications. Enfin il s'est levé puis, avec une déférence trop marquée, il a tendu la main à Hal.

« Soyez le bienvenu ! Mon nom est Thomas Sabaitis, Premier ministre et ministre des Affaires étrangères de la République d'Užupis. »

L'homme avait une allure plutôt grotesque mais Hal a réprimé son sourire et l'a salué.

« Je m'appelle Hal.

— Hal ?

— Oui, Hal.

— Eh bien, bienvenue en République d'Užupis, monsieur Hal. Notre République est un État souverain. »

Après cette déclaration, Thomas a sorti une carte de visite démesurément grande qu'il a offerte au visiteur. Le logo, sur la partie supérieure de la carte, représentait une main tendue avec la paume trouée. C'était sans doute le drapeau de la République d'Užupis. En bas de la carte était inscrit : Thomas Sabaitis, Premier ministre de la République d'Užupis. À la vue de cette carte de visite, Hal n'a pu s'empêcher de rire. En vérité la carte autant que l'homme à la barbe noire qui se prétendait le Premier ministre de la République d'Užupis étaient irrésistiblement comiques.

Thomas à la barbe noire se rengorgeait à voir la joie de Hal.

« En République d'Užupis, tout citoyen a droit de rire. Car chacun a le droit d'être heureux. Par ailleurs, chacun a aussi le droit d'être malheureux. Allons, prenez un siège, je vous prie. »

Hal s'est assis et Thomas à la barbe noire a tiré de sa poche de pardessus un flacon de vodka et en a rempli un verre qu'il lui a tendu.

« À votre santé, monsieur Hal. »

Comme Hal déclinait l'offre, Vladimir s'est insurgé :

« Ne pas prendre de vodka ?! La vodka est l'aliment de base du pays. Quiconque refuse de boire de la vodka ne peut survivre en Užupis !

— Il a raison, a approuvé Thomas à la barbe noire. Tous les citoyens de la République d'Užupis sont heureux s'il y a de la vodka.

— Monsieur le Premier ministre, a demandé Hal, pourquoi ne vous exprimez-vous pas en užupisien ? »

La question était inattendue. Thomas a semblé fort embarrassé. Il cherchait ses mots et a fini par dire :

« Ma foi, je me suis dit que si je parlais en užupisien vous ne comprendriez pas…

— Mais si, je comprendrais. J'ai oublié comment le parler mais je le comprends toujours.

— Bon sang, vous voulez dire qu'il y a une langue užupisienne ? s'est exclamé Vladimir.

— Bien entendu qu'il y en a une », a répondu Hal.

Et, se souvenant des paroles prononcées par Urbonas la veille au soir, il a ajouté :

« *Soa ra, Hal ?* Savez-vous ce que cela signifie ? »

Stupéfaits, Thomas et Vladimir se sont regardés sans mot dire.

« Ça signifie, en užupisien : "Hal, est-ce bien toi ?" Et ça : *Ji maerir Urbonas. Jia ure soari jamaira.* Vous comprenez ce que ça signifie ? »

Les deux hommes restaient muets.

« Ça veut dire : "Je m'appelle Urbonas. Je savais que tu reviendrais." »

Vladimir s'est soudain esclaffé, l'air matois :

« Ah, vous êtes bien un citoyen d'Užupis, vous ! Inventer un mensonge au quart de tour ! Imaginer une langue užupisienne ? Vous êtes un génie dans votre catégorie ! »

L'air tout heureux, Thomas a ajouté sa touche :

« C'est exactement cela, c'est l'idée même qui a fondé la République d'Užupis : le mensonge est la plus grande des vertus si elle sait apporter le bonheur. Si nous avons choisi la date du poisson d'avril pour notre fête nationale, c'est afin de rester fidèle à cette philosophie. »

Leur façon de prendre à la légère ses propos n'était pas du goût de Hal mais il s'est efforcé de n'en rien laisser paraître.

« Monsieur le Premier ministre, une chose encore. Quand et par qui votre République a-t-elle été fondée ?

— Cela remonte à quatre années. Les ministres se sont rassemblés autour de Romas Lileikis et nous avons bâti notre nation. Monsieur Lileikis est du reste notre actuel Président.

— Et dans quelle histoire plus ancienne s'inscrivait cette fondation ? »

Thomas ne semblait pas saisir le sens de la question. Hal a précisé :

« Savez-vous que la République d'Užupis fut autrefois un grand pays, riche d'une longue histoire ? Savez-vous qu'il existe des sites archéologiques témoignant de la république d'Užupis, non seulement en Lituanie, en Lettonie et en Estonie mais aussi en Pologne, en Roumanie, en Biélorussie et même dans le sud-ouest de l'Ukraine ? »

Vladimir a éclaté de rire en se frappant les cuisses, tandis que Thomas a cligné des yeux plusieurs fois avant de répondre :

« Bien sûr que je le sais. L'Užupis était un grand pays. Il couvrait toute l'Europe, toute la Russie et même la Chine. »

Vladimir est reparti à rire, il jubilait.

La conversation entre Hal et Thomas a duré encore une petite demi-heure. Mais Thomas et Vladimir ne le prenant pas au sérieux, le dialogue ne pouvait pas réellement fonctionner. Enfin, serrant la main de Thomas avant de le quitter, Hal lui a dit :

« Votre Excellence, je vous remercie de cet accueil chaleureux. »

Et à Vladimir, cynique :

« Je vous souhaite sincèrement de retrouver vos souvenirs perdus. »

Hal est sorti.

La distance n'était pas telle entre le café Užupis et l'Hôtel Užupis, Hal a marché de l'un à l'autre dans les rues enneigées. Il pensait sans doute que Rimas pourrait être passé à l'hôtel entre-temps et qu'il lui aurait laissé un message. Mais à son arrivée le réceptionniste lui a dit qu'aucun visiteur ne s'était présenté pour lui et que personne ne lui avait laissé de message.

L'amour de Vilma

En ressortant de l'hôtel, Hal a traversé un pont. Sans avoir idée d'où se rendre, il se hâtait. Après avoir erré quelque temps de la sorte, il s'est trouvé devant un imposant bâtiment qui évoquait quelque chose d'officiel, un ministère sans doute. Subitement lui sont revenus en mémoire les mots de l'employée du bureau d'immigration, hier après-midi, à l'aéroport. Elle l'avait clairement averti : s'il ne quittait pas le pays dans les quarante-huit heures, il devrait se présenter au bureau des ressortissants étrangers du ministère des Affaires étrangères. Il a réussi à remettre la main sur le papier qu'elle lui avait laissé et a vérifié l'adresse. Par le plus parfait des hasards, il se trouvait exactement devant le bureau des ressortissants étrangers du ministère des Affaires étrangères. Hal a poussé la grande porte d'entrée et a pénétré dans le bâtiment.

Face à lui se trouvait un grand hall. Du centre de ce hall partait un escalier. Il y avait peu de monde, quelques personnes allaient et venaient d'un pas pressé. Hal ne savait à qui s'adresser quand il a aperçu un homme en uniforme. Il s'est dirigé vers lui et a demandé s'il pouvait voir le responsable du bureau des ressortissants étrangers.

L'homme en uniforme a semblé embarrassé. Malgré tout il s'est lancé dans une explication en lituanien, prenant soin de parler lentement et de détacher chaque syllabe pour se faire comprendre. Évidemment, Hal n'avait pas compris un seul mot de ce que l'autre avait dit. Il a donc répété sa question, articulant avec le même soin :

« Je souhaiterais voir le responsable du bureau des ressortissants étrangers. »

À nouveau, l'homme en uniforme s'est appliqué pour donner des explications. Apparemment il avait compris la question en anglais sans pouvoir donner de réponse dans la même langue. Hal a tenté de reformuler sa question en allemand et en français. Sans plus de résultat. À chaque fois, l'homme en uniforme répondait en lituanien, si bien que Hal a fini par renoncer et s'est tu, l'air accablé.

Le découragement n'avait pas encore gagné l'autre, et puisque Hal ne comprenait rien à ce qu'il disait, l'homme en uniforme a trouvé un bout de papier et y a inscrit un grand « 3 ». Puis du doigt il a indiqué la partie supérieure de l'escalier, le troisième étage probablement ? Hal a fait signe qu'il avait compris.

Visiblement satisfait, l'homme en uniforme a dit quelques mots en lituanien avant d'écrire « 339 » sur le papier. Il devait donc être question d'un bureau 339, au troisième étage. Hal s'est détendu. Avec un grand sourire, il a offert sa main à l'homme en uniforme qui, tout aussi enjoué, l'a saisie en continuant de parler en lituanien.

Pendant que Hal montait dans les étages, l'homme en uniforme resté au pied de l'escalier continuait de s'adresser à lui avec de grands gestes. Peut-être pour lui préciser où se trouvait le bureau 339.

Rendu au troisième étage, Hal a regardé d'un côté, de l'autre, a hésité avant de finalement s'engager dans le couloir de gauche.

Le couloir était étroit et sombre. Le parquet de bois craquait sous chaque pas. Hal s'est efforcé de marcher à pas de loup pour ne pas faire trop de bruit.

L'aménagement des pièces était assez compliqué, sans doute parce que le bâtiment était ancien. Non content d'être étroits et sombres, les couloirs se croisaient et se recroisaient, formant un véritable labyrinthe. Par endroits, le plafond était si bas qu'il fallait courber le dos pour passer. Tout cela devait s'expliquer par l'âge du bâtiment ; au cours des derniers siècles, rénovations et agrandissements s'étaient succédé jusqu'à former ce dédale. De fait, Hal s'est vite rendu compte que trouver le bureau 339 ne serait pas une mince affaire. Tirant toujours d'une main sa volumineuse valise et tenant de l'autre le bout de papier donné par l'homme en uniforme, Hal a arpenté les couloirs en regardant à droite, à gauche, jusqu'à se retrouver perdu. Il a tenté de revenir sur ses pas, mais ce n'était pas plus facile. Il avait l'impression d'être pris dans un piège. Et impossible de demander de l'aide à quiconque, ce labyrinthe était désert.

Après un moment, avisant un banc de bois, Hal l'a rejoint et s'y est assis. Il paraissait épuisé.

Tandis qu'il se reposait ainsi les jambes, il a entendu du bruit dans un couloir, au loin, le bruit de talons qui claquaient sur le parquet et qui se rapprochaient. Peu après, un grand homme, la mine grave, est apparu. Il avançait d'un pas ferme, vers Hal. Celui-ci a hésité à lui demander sa route mais a finalement renoncé. L'homme lui semblait trop austère et la pause que Hal s'accordait sur le banc était trop douce. Arrivé presque devant Hal, l'homme a pris à gauche et s'est éloigné.

Peu après, un couple, l'air abattu et serrant une grosse oie dans leurs bras, est venu accoster Hal. On aurait dit deux paysans tout droit sortis de leur campagne.

La femme s'est précipitée vers Hal pour lui parler. Ils s'étaient probablement égarés eux aussi et cherchaient leur chemin dans le lacis des couloirs. Mais Hal ne comprenait pas un mot de ce qu'elle racontait.

« Je suis désolé, je ne parle pas lituanien. »

Quoique Hal lui ait parlé en anglais, la femme s'est remise à dire des choses incompréhensibles d'un ton plaintif, plantant ses yeux dans ceux de Hal. Elle semblait prête à éclater en sanglots. Embarrassé, Hal a dit une nouvelle fois :

« Je suis vraiment désolé, je ne peux pas vous aider. »

Finalement le mari a interrompu sa femme par quelques mots. Elle a semblé réaliser enfin que Hal était un étranger. Une terrible déception s'est lue sur leurs visages et le couple de paysans est reparti dans l'autre sens, presque en courant.

Hal a appuyé sa tête contre le mur, épuisé. Il a fermé les yeux. Et soudain la sonate que jouait Jurgita la nuit précédente, lors de la soirée chez monsieur Eigis, a envahi son esprit. Au rythme de la mélodie triste et solennelle, ses mains ont commencé à bouger. Il dirigeait l'orchestre.

Parvenu à l'acmé du morceau, visiblement transporté par la passion, il a décollé sa tête du mur. Les paupières toujours closes, il continuait d'accompagner la mélodie de ses gestes. Alors il s'est redressé, résolu, a empoigné sa valise abandonnée sur le sol et a repris sa marche dans les couloirs. Presque aussitôt il a trouvé le bureau 339.

Sans hésiter, Hal a toqué à la porte. La voix sonore d'une femme a répondu en lituanien. Elle devait dire d'entrer. Hal a ouvert la porte.

La pièce était étonnamment sobre, meublée d'une seule table. Pour autant, Hal qui avait erré longtemps dans les couloirs sombres l'a trouvée rien moins que splendide dans la lumière éblouissante qui tombait de la fenêtre d'en face. Une femme, vingt, peut-être trente ans, occupait ce bureau lumineux. Assise sur sa chaise dans une posture indolente et l'air las, elle s'est soudain levée en sursaut à l'apparition de Hal. Elle portait un vêtement de couleur claire, éclatant, qui semblait être une robe. Hal a ressenti quelque chose d'irréel, comme voir en plein hiver quelqu'un en tenue d'été.

« Suis-je bien au bureau des ressortissants étrangers ? »

La femme a répondu d'un tonitruant et jubilatoire « *Yeees !* ».

Hal en est resté pantois. Il a jeté un regard soupçonneux ici et là. Comment un endroit aussi sobre, presque spartiate, pouvait-il être le bureau du responsable des ressortissants étrangers des Affaires étrangères ?

« Asseyez-vous, asseyez-vous ! » a insisté la femme.

Elle se démenait nerveusement pour apporter une chaise à Hal qu'une telle gentillesse, presque excessive, a décontenancé. Un peu étourdi, il s'est assis.

« Je savais que vous viendriez. Je vous attendais », a-t-elle déclaré.

Alors seulement Hal a réalisé que la femme qui se tenait debout face à lui n'était autre que Vilma, la Vilma qu'il avait rencontrée la nuit précédente.

« Oh, c'est vous ? C'est donc ici que vous travaillez ! » a dit Hal sur le même ton d'excitation joyeuse.

Vilma a semblé très touchée que Hal se souvienne d'elle. Elle a traîné sa chaise pour s'asseoir face à lui. Elle l'a même tirée pour être plus près de lui, au point que leurs genoux se touchaient. Elle portait un parfum mystérieux.

« Où avez-vous dormi la nuit dernière ?

— À l'Hôtel Užupis.

— Avez-vous déjeuné ? »

Pour toute réponse, Hal a haussé les épaules. Était-ce de compassion, les yeux de Vilma se remplissaient de larmes. Désireux de couper court à cette situation gênante, Hal s'est hâté d'expliquer les raisons de sa visite :

« Je venais demander la prolongation de mon permis de séjour. Hier après-midi, à l'aéroport, quand je suis arrivé, on m'a dit qu'il fallait procéder ainsi. N'ayant pas de visa d'entrée, si je ne quittais pas le pays dans les quarante-huit heures je devais me signaler au bureau des ressortissants étrangers, au ministère des Affaires étrangères. »

Pendant son petit discours, Hal a remis à Vilma le document qu'il avait eu à l'aéroport.

« Oui, je suis au courant, a dit Vilma en prenant le papier. Inga m'a parlé de vous en rentrant du travail, hier soir. C'est pourquoi je savais que vous viendriez me voir.

— Qui est Inga ?

— Ma petite sœur. Elle travaille au bureau de l'immigration, à l'aéroport. Elle m'a dit qu'un Asiatique, bel homme, était arrivé hier sans visa. Elle m'a également dit qu'il voulait se rendre en République d'Užupis. C'est pourquoi je me suis rendue à l'hôtel la nuit dernière, j'espérais vous y rencontrer. Et je vous y ai rencontré. »

Hal, pris de court, a ri. Oui, se disait-il, la femme en uniforme kaki vue la veille au bureau d'immigration avait un air de famille avec Vilma.

Elle poursuivait, rêveuse :

« À l'instant où vous êtes entré dans l'hôtel, je vous ai reconnu. Vos cheveux couverts de neige, votre valise à la main, vous sembliez tout droit sorti de mon imaginaire. Et cette expression sur votre visage, si nostalgique… »

Confus, Hal cherchait à changer de conversation :

« La prolongation de mon permis de séjour peut-elle poser problème ?»

Après une pause, pensive, Vilma a expliqué :

« Certes, tout n'est pas si simple. Il faut une bonne raison, par exemple, une catastrophe naturelle, ou encore… un mariage avec une Lituanienne… »

Hal a fait une tête effarée.

Comme pour le rassurer, Vilma a, de ses genoux, effleuré les genoux de Hal.

« Soyez sans inquiétude. Je m'occupe de tout. Vous pouvez me faire confiance. »

Hal, apparemment rassuré, a posé une nouvelle question :

« Autre chose alors. Je suis aussi ici pour en apprendre plus sur la République d'Užupis. J'ai pensé qu'un responsable du bureau des ressortissants étrangers au ministère des Affaires étrangères pourrait me donner quelques éclaircissements à ce sujet. »

On a frappé à la porte. Surprise, Vilma a fait un bond. Arrangeant sa robe prestement, elle a dit quelque chose en lituanien. Hal a imaginé qu'elle invitait à entrer.

La porte s'est ouverte devant un couple de paysans portant une oie, ceux que Hal avait croisé plus tôt dans le couloir. À peine sont-ils entrés qu'ils se sont mis à déverser un torrent de suppliques larmoyantes. Soudain Vilma a paru très agacée et leur a crié quelque chose. Les paysans ne se sont pas découragés et ont continué à parler avec effusion. Mais Vilma ne cédait pas, elle les a reconduits à la porte avec des paroles fermes, d'un ton inflexible.

Juste avant de sortir, la paysanne a supplié une dernière fois Vilma :

« Je vous l'ai dit, Judita notre fille s'est enfuie. Elle n'a que treize ans. Nous vous offrons cette oie, mais je vous en supplie, retrouvez notre fille… »

Alors qu'elle disait ces mots, Hal a eu un sursaut, elle venait de parler en užupisien !

Difficile de savoir si Vilma avait ou non compris la paysanne, elle s'efforçait seulement de la pousser dehors. Ayant enfin réussi, elle a fermé la porte à double tour.

Derrière, on entendait le couple tambouriner, criant, suppliant. Leur manège n'a pas duré. Aux martèlements et aux cris a succédé le bruit de pas s'éloignant sur le parquet grinçant du couloir sombre. Le calme était revenu.

« Ces paysans à la recherche de leur fille me mènent une vie d'enfer. Ils croient qu'il suffit de me donner une oie pour que je retrouve la petite, a dit Vilma, la voix blanche.

— Il doit bien exister un organisme qui se charge des enfants disparus… »

Hal disait cela comme pour consoler Vilma. Soudain redevenue joyeuse, Vilma a repris sa chaise et s'est assise face à Hal.

« N'est-ce pas ? Pour les agriculteurs qui ont des problèmes, il y a le ministère de l'Agriculture, avec des gens qui les écoutent et s'occupent de leurs affaires. Le bureau en charge des agriculteurs est juste au-dessus, au quatrième. Mais les paysans de chez nous sont à ce point ignares qu'ils frappent à la première porte pour retrouver leur fille. Résultat, impossible pour moi de faire correctement mon travail. »

Ayant parlé de la sorte, Vilma a enfoui sa tête dans les genoux de Hal et s'est mise à sangloter, les épaules tremblantes, répétant combien son travail était dur et pénible. Très gêné, ne sachant quelle attitude adopter, Hal a tourné ses regards vers la fenêtre. Au-dehors, la neige tombait en flocons légers.

« À propos, Vilma… »

Hal lui parlait en lui tapotant le dos doucement.

Elle restait immobile, en attente de la phrase à venir.

« … la femme tout à l'heure, elle a bien parlé en langue d'Užupis, n'est-ce pas ? »

Vilma a semblé revenir à la réalité. Elle s'est redressée, elle a lissé ses cheveux.

« En langue d'Užupis ? Pour l'amour du ciel, comment une telle langue existerait-elle ? Elle parlait un de ces dialectes russes, du patois de paysan ignorant. »

L'air perdu, Hal l'a fixée.

« Ce n'était pas du russe, j'en mettrais ma main à couper. »

Mais Vilma ne voulait pas s'aventurer sur ce terrain.

« Eh bien, si ce n'est pas du russe, c'est peut-être un dialecte lituanien… Parmi les paysans de Lituanie, on en trouve qui parlent un dialecte étrange. »

Hal est resté silencieux.

Une voix d'homme, autoritaire, a retenti au loin :

« Mademoiselle Vilma ! »

Une fois encore, Vilma a sursauté. Elle s'est levée brusquement.

« Il m'appelle », a-t-elle dit, la gorge nouée.

Vilma s'est saisie du document de Hal resté sur le bureau. Devant le miroir suspendu à un mur elle a arrangé sa coiffure, a mis du rouge à lèvres. Pour terminer, elle a déboutonné le haut de sa robe pour mettre en valeur sa poitrine.

Ses préparatifs achevés, Vilma a ouvert une porte qui communiquait avec un autre bureau et a pénétré dans cette pièce. Hal en a conclu que le bureau où il se trouvait n'était que le secrétariat du responsable du bureau des ressortissants étrangers et que Vilma devait être la secrétaire de ce responsable du bureau des ressortissants étrangers et non la responsable elle-même.

Livré à lui-même, dérouté, Hal a regardé par la fenêtre. La neige tombait à présent en lourds flocons. Hal est resté à observer le spectacle, l'esprit vide.

Plus tard, Vilma est réapparue.

« Il souhaite vous recevoir. Entrez, je vous prie.

— De qui parlez-vous ?

— Du chef du bureau des ressortissants étrangers du ministère des Affaires étrangères. »

Hal s'est levé de sa chaise. Par réflexe, il a pris sa grosse valise. Arrangeant tendrement la tenue de Hal, Vilma, à voix basse, rapidement, l'a mis en garde :

« Inutile d'en dire trop. Il est plutôt irritable ces derniers temps ; un problème conjugal. Vous pouvez compter sur moi, tout ira bien. »

Le chef du bureau des ressortissants étrangers n'était autre que le grand homme à l'air austère que Hal avait croisé plus tôt dans les couloirs. Voyant Hal s'approcher à la suite de Vilma, il a quitté son siège pour lui tendre la main d'un geste quelque peu théâtral, avant d'entamer une longue et fastidieuse salutation en lituanien. D'ailleurs, cela s'apparentait plus à un véritable discours qu'à un salut, si cérémonieux qu'il soit. Vilma s'employait de son mieux à tout traduire. Quand elle a eu fini, Hal a opiné et fait une brève réponse en anglais. Vilma a traduit dans l'autre sens, pour son chef. Apparemment, il ne devait pas connaître l'anglais pour avoir besoin qu'on lui traduise un simple bonjour. Avoir nommé un tel homme responsable des ressortissants étrangers était proprement stupéfiant.

L'homme a repris la parole en indiquant une chaise. Hal a supposé qu'on l'invitait à s'asseoir ce que la traduction de Vilma a confirmé. Il s'est assis avec un « Merci » que celle-ci s'est appliquée à traduire.

Hal a promené son regard dans la pièce. Le bureau de son chef ne différait guère de celui de Vilma. Les seules différences visibles étaient une table un peu plus grande et, côte à côte, deux chaises au lieu d'une pour les visiteurs.

« Notre chef s'appelle monsieur Beltran, a expliqué Vilma sur un ton parfaitement neutre, formel. Il ne parle pas un mot d'anglais. Je vais donc être votre interprète. Monsieur le chef de bureau vous souhaite la bienvenue dans notre pays. »

Ayant dit cela, Vilma a pris la chaise à côté de Hal.

« Je vous remercie pour cet accueil chaleureux. »

Vilma a traduit les propos de Hal. Le chef a hoché la tête, satisfait, avant de prononcer quelques mots que Vilma a traduits.

« Notre chef demande si le pays vous plaît, si vous n'avez pas rencontré de problème. »

Hal a répondu que le pays était beau et que, non, il n'avait pas rencontré de problème majeur. Vilma a traduit ses paroles et le chef de bureau s'est montré encore plus satisfait. Lorsque soudain Hal l'a entendu tenir des propos totalement inattendus.

« Et je vous présente mes plus sincères félicitations pour votre décision d'épouser ma secrétaire, mademoiselle Vilma Slavikas. »

Extraordinaire, cette fois, Hal avait compris son vis-à-vis. L'homme s'était tout bonnement exprimé en užupisien ! Quant au fond de ses propos, Hal n'a pas osé corriger, craignant avoir mal entendu. Déjà Vilma traduisait en anglais :

« Et permettez que je vous recommande mon interprète, femme de confiance, qui parle parfaitement anglais, mademoiselle Vilma Slavikas. »

L'étrange traduction de Vilma a ajouté à sa surprise, pourtant Hal s'est gardé de toute remarque. Peut-être avait-il mal compris le chef de bureau, peut-être Vilma jouait-elle la comédie pour faciliter la prolongation de son séjour. Il s'est rappelé ce qu'elle lui avait confié : obtenir une prolongation de séjour était compliqué, sauf en cas de catastrophe naturelle ou pour cause de mariage avec une Lituanienne. Telles ont été les raisons pour lesquelles Hal s'est tu, répondant simplement :

« Je partage entièrement votre jugement quant aux compétences de mademoiselle Vilma. »

Vilma a traduit en lituanien. Son chef, rayonnant de satisfaction, les a considérés l'un après l'autre avant de déclarer :

« Vous formez un très beau couple. Dites-moi, quand vous êtes-vous rencontrés pour la première fois ? Et où était-ce ? »

À la stupéfaction de Hal, le chef de bureau parlait à nouveau en užupisien. Désarçonné par ces questions, Hal a attendu la traduction de Vilma, qui a donné ceci :

« Vous êtes un homme plein de noblesse. Y a-t-il quelque chose que je peux faire pour vous ? Puis-je vous apporter une aide quelconque ? »

Hal était plongé dans un profond dilemme. Devait-il répondre à la question du chef posée en užupisien ou à la question du chef dans la traduction offerte par Vilma ? Sans trop réfléchir, il a choisi de répondre à la question de Vilma. De toute façon il était clair pour lui que Vilma traduirait ses propos selon ses propres vœux.

« Tout d'abord j'aurai souhaité obtenir la prolongation de mon permis de séjour. En deuxième lieu, je souhaitais vous interroger sur la République d'Užupis. Je suppose que vous avez des connaissances spécifiques sur ce sujet, puisque vous-même parlez l'užupisien. »

À cette dernière phrase, Vilma a tressailli. Peut-être est-ce pour cela que, finissant de traduire, Vilma a saisi sa main. Ou pas. Il était difficile pour Hal de deviner le sens exact de ce geste. Si lui se sentait mal à l'aise, en revanche le chef de bureau semblait se réjouir fort de la situation.

« Ainsi donc vous vous êtes rencontrés à l'Hôtel Užupis ? Vous n'allez pas le croire, c'est là que j'ai rencontré ma femme, Zita. Quant aux soirées de monsieur Eigis, j'en raffole. C'est sûrement chez lui que l'on retrouve les plus drôles des leveurs de coude. La nuit dernière, hélas, je n'ai pas pu m'y rendre pour des raisons personnelles. »

Tout cela avait été dit en užupisien. Traduit par Vilma, le résultat était tout autre.

« La République d'Užupis ? Pourquoi croyez-vous la trouver ici ? Ne pensez plus à un autre pays, vous êtes dans le nôtre. N'est-il pas magnifique ? Il y a beaucoup de belles femmes ici, la vie est courte, ne gaspillez pas votre temps à la poursuite de chimères. »

La perplexité de Hal ne faisait évidemment que croître. Tant que Vilma traduirait ainsi en dépit du bon sens, la conversation avec le chef de bureau ne pourrait aboutir. Hal a néanmoins répondu :

« Il y a tout de même une chose étrange ici. Voyez-vous, dès que j'évoque la République d'Užupis, vos compatriotes s'efforcent de me convaincre qu'elle n'existe pas. On a été jusqu'à fabriquer une fausse République d'Užupis, avec Président et Premier ministre fantoches, pour corser la plaisanterie. Tout cela me fait m'interroger, les gens d'ici ne souffriraient-ils pas d'une sorte de complexe par rapport à Užupis ? »

Vilma a paru froissée, elle a néanmoins traduit en lituanien et le chef de bureau a répondu :

« Je vous remercie pour votre attention, mais le problème que je mentionnais chez moi est à peine un problème. C'est juste que ma femme Zita est parfois imprévisible, voilà tout. Mais des soucis de ce genre, quelle famille n'en a pas, n'est-ce pas ? À propos, il est fixé pour quand, votre mariage ? »

Ce qui traduit par Vilma est devenu :

« J'imagine que vous avez vos raisons pour porter un tel intérêt à Užupis. Je vais vous donner clairement mon avis, je pense que ce pays n'existe pas. Si vous vous décidez à abandonner cette illusion pour vous installer chez nous, le gouvernement peut vous apporter une aide financière. Pas une grosse somme, certes, mais de quoi faciliter votre installation. »

Le vertige s'est emparé de Hal qui, baissant la tête, a porté la main à son front. Vilma lui a donné quelques coups discrets dans les côtes. Elle semblait attendre qu'il parle. Alors, à contrecœur, Hal a ouvert la bouche.

« Le plus étrange pour moi, c'est que vous parliez en užupisien. Qui vous a appris cette langue ? Vos parents, j'imagine. Et vos parents devaient l'avoir appris de leurs parents. Alors pourquoi soutenir que Užupis n'existe pas ? Un immense, un étrange mensonge se cache dans tout cela. »

Le visage de Vilma était grave. Après qu'elle a traduit, le chef de bureau a approuvé.

« Très bien, très bien. Je vous réitère mes félicitations pour votre union. Il me reste à vous délivrer l'autorisation de mariage pour les ressortissants étrangers et j'aurai fait mon devoir pour ce jeune et beau couple ! »

Le chef de bureau a extrait un papier d'un dossier, l'a signé, l'a tamponné. Durant ce temps, Vilma traduisait.

« Pour conclure sur le sujet de la République d'Užupis, notez que je ne parle pas užupisien. Il s'agit d'un dialecte d'une région frontalière du Nord-Est. Il ne me reste qu'à vous prolonger ce permis de séjour pour les ressortissants étrangers ! »

Quand Vilma a eu fini, le chef de bureau lui a transmis la feuille. Il s'est ensuite levé et a tendu la main à Hal en signe d'au revoir. Aussi vivement, Hal s'est mis debout. Ils ont échangé une vigoureuse poignée de main, celle du chef de bureau couvrant celle de Hal tandis qu'il lui glissait à l'oreille :

« Mademoiselle Vilma a les hanches larges, elle vous donnera beaucoup d'enfants. Le proverbe dit que, si on prend une femme avec un large bassin, on finit par bâtir un pays. »

Sur ces mots, il a adressé à Hal un clin d'œil complice tandis qu'aux côtés de Hal Vilma rougissait avant de traduire :

« Soyez tranquille, la prolongation de séjour est accordée. Toutes les femmes de notre pays sont belles, mais gardez celle qui est près de vous. Le proverbe dit que, si on aime la femme près de soi, on finit par bâtir un pays. »

Hal a repris son éternelle valise et a quitté le bureau sur les traces de Vilma. Une fois sorti, Hal, morne, a gardé le silence. Vilma quant à elle était tout excitée, folle de joie.

« Venez chez nous dès ce soir. Nous sommes comme un couple à présent ! »

Elle lui a noté son adresse sur un bout de papier. Hal, ne sachant qu'en faire, l'a fourré dans sa poche.

« À la maison, nous sommes cinq. Il y a mes parents, Inga, son petit ami Kornelius et moi-même. Comme nous avons trois chambres, ça ne posera pas de problème. Une pour mes parents, une pour Inga et Kornelius, vous et moi prendrons la troisième. »

Hal demeurait sans voix. Vilma a précisé :

« En Lituanie, il est fréquent qu'une fille amène son petit ami chez ses parents et que tous vivent ensemble. Vous n'avez aucun souci à vous faire. Alors, vous venez, n'est-ce pas ? »

Toujours sans un mot, Hal a rejoint le couloir sombre. Vilma qui le suivait a dit :

« J'aurai vraiment voulu rentrer avec vous tout de suite à la maison mais c'est impossible, je ne peux pas quitter le travail avant dix-huit heures. Tenez, ma carte de visite. Là vous avez mon téléphone de bureau, celui de ma maison et mon portable. Appelez-moi vers dix-huit heures. Je viendrai vous prendre là où vous serez. »

Muet, Hal a pris la carte et l'a glissée également dans sa poche.

Vilma l'a ensuite raccompagné jusqu'à l'entrée du ministère. Elle ne pouvait sortir, sa robe était bien trop légère, elle mourrait de froid dehors.

« J'attendrai votre appel », a déclaré Vilma avec ferveur. Son visage était l'expression même de la passion.

Valise en main, Hal s'est remis à marcher dans la rue où la neige tombait en abondance.

Au Mano Kabina

Après avoir salué Vilma, Hal a marché sans but dans les rues enneigées. Le hasard de sa déambulation l'a mené en vue d'une église orthodoxe, au loin. Le dôme dans la neige qui tombait semblait flotter dans le vide, dégageant une beauté surnaturelle. Sous le charme de cette vision, Hal a pris cette direction.

À la grande surprise de Hal se trouvait garée, devant l'église, une voiture de sport rouge. Il a pensé qu'il s'agissait de celle de Jurgita aperçue le matin même depuis le restaurant, près du centre culturel municipal. Dans cette ville froide et guère riche, ce type de voiture ne devait pas être très commun. S'il s'agissait bien de celle appartenant à Jurgita, ça signifiait forcément qu'elle était dans les parages.

L'idée que Jurgita se trouvait peut-être tout près de lui a rempli Hal d'un enthousiasme nouveau. Or, sinon dans l'église orthodoxe, où aurait-elle pu aller avec sa voiture garée là, juste devant ? Hal est entré.

L'intérieur d'une église orthodoxe russe diffère de celui d'une église catholique, il est d'une structure plus complexe et celle-ci fourmillait de coins, de recoins, de détails. Chaque angle recelait un lieu dévolu aux prières. Chaque mur portait un essaim de portraits de saints. Creux et bosses, niches et saillants étaient peuplés de figurines de toutes formes et de toutes couleurs. L'atmosphère rappelait celle d'un sanctuaire chamanique garni de fleurs, de gravures, de talismans. Véritablement, à côté des églises catholiques majestueuses et hiératiques, celle-là s'épanouissait dans le décoratif et le folklore, non sans pompe ni lumières.

Nombreuses étaient les personnes qui priaient. Souvent des vieilles dames, probablement des Lituaniennes d'origine russe. Là encore, à la différence du culte catholique, les femmes se déplaçaient pour prier, debout mais aussi à genoux, allant d'un portrait accroché à un mur à la statue en bois d'un saint dans une alcôve. Les gens se déplaçaient ici à la manière de pèlerins. Malgré leurs déambulations, l'atmosphère était calme.

Hal est resté un moment étourdi par la structure du lieu et les manières de ses occupants. D'ailleurs, s'est-il dit, si Jurgita était ici, la retrouver ne serait pas une mince affaire. Surtout si, comme cela s'était passé ce matin dans l'église catholique, elle se fondait parmi les visiteurs en essayant d'échapper aux regards.

Faute de meilleure idée, Hal a décidé de faire le tour de l'église. Il a saisi sa grosse valise et a commencé à marcher à grands pas. Tout en avançant de la sorte, il tournait la tête ici et là pour inspecter chaque recoin.

Pour les gens qui assistaient à son manège, la scène était étrange. Hal n'avait ni l'attitude du pèlerin venu se recueillir, ni même celle d'un touriste en promenade. Quelques vieilles dames pincées ont jeté des regards peu amènes sur cet Asiatique qui manquait de respect à ces lieux sacrés. Mais lui n'y a prêté aucune attention ! Il a continué à arpenter l'église minutieusement.

Le tour d'inspection s'est achevé et Hal n'avait pas repéré Jurgita. Une profonde déception se lisait sur son visage. Pour autant, comment s'en étonner ? Était-il logique de trouver une femme priant le matin dans une église catholique et l'après-midi dans une église orthodoxe russe ? Cette pensée a encore accentué l'abattement de Hal.

Aussitôt, il s'est rué dehors. Sans doute avait-il imaginé que Jurgita avait quitté l'église pendant qu'il en faisait le tour. Mais la voiture était toujours garée sous la neige qui tombait en abondance. Rassuré, Hal est rentré dans l'église, reprenant une exploration encore plus scrupuleuse.

Hélas, pour un résultat équivalent. Jurgita n'était nulle part.

Hal s'est affalé sur une chaise.

Sur le mur qui lui faisait face était accrochée une icône représentant un ancien pope aux yeux d'aigle et à la barbe rousse en broussaille. Hal est demeuré un bon moment à contempler sans le regarder réellement ce portrait au style extravagant, proche de la bande dessinée. Puis il a mis ses coudes sur ses genoux et s'est penché comme s'il se recueillait ou qu'il était sous le coup d'une intense fatigue. Il est resté dans cette position, longuement, immobile. Le portrait du vieux pope aux yeux d'aigle et à la barbe rousse en broussaille semblait avoir posé son regard sur cet homme prosterné devant lui.

Trois minutes peut-être se sont écoulées, Hal s'est redressé d'un coup. À cet instant précis il a aperçu Jurgita du côté opposé de l'église et qui se signait vivement devant un portrait de saint. Ses cheveux d'or étaient dissimulés sous un foulard noir mais les yeux porteurs d'une immense mélancolie, le front blanc, l'arête du nez hautaine, incontestablement c'était elle. Hal s'est levé du banc brusquement en empoignant son bagage.

Mais Jurgita avait disparu.

Hal s'est précipité du côté opposé de l'église, là où il venait de l'apercevoir. À sa place une très grosse dame priait, agenouillée. Stupéfait, Hal a scruté les alentours et a repéré Jurgita dans un autre coin de l'église, qui s'esquivait après un rapide signe de croix. Le geste vif avec lequel elle dessinait dans l'air cette croix était aussi délicat et précis qu'une poule picorant ses graines. Hal s'est remis à courir vers l'endroit où elle venait de disparaître.

Enfin quand Hal a dépassé l'angle suivant, il a découvert Jurgita. Mains jointes devant le portrait d'un saint, elle priait. Elle était là pour de bon, devant lui, sans bouger.

« Jurgita !

— Chut…» a-t-elle murmuré, l'index sur les lèvres.

Elle s'est tournée vers le portrait et, tête basse, a repris sa prière fervente. Planté à côté d'elle, Hal l'a regardée faire.

La prière a duré, enfin elle a conclu ses vœux en se signant. Se rendant devant une autre sainte icône, elle a confié à Hal dans un murmure :

« J'ai prié pour vous. Pour que vous parveniez sans dommage à la République d'Užupis.

— Merci.

— Mon mari cherchait aussi la République d'Užupis, et il est mort. »

Jurgita chuchotait tout en allumant un bâton d'encens devant une statue, dans une niche. Désemparé, Hal écoutait sans un mot.

« Ils disent qu'il s'est suicidé. Je ne le crois pas. Pour moi il ne fait aucun doute que mon mari a été assassiné. »

Un voile de tristesse a obombré son visage. Elle a vite surmonté sa peine et s'est reprise dans un signe de croix.

« Je vous en conjure, dites-moi ce que vous savez sur la République d'Užupis. »

Absorbée dans ses dévotions, Jurgita n'a pas répondu.

Quand elle a eu fini, elle a chuchoté :

« Je ne peux pas vous parler maintenant. Retrouvons-nous ce soir, à neuf heures, au Mano Kabina.

— Au Mano Kabina ?

— Oui. Oh, pardon, vous ne savez pas où ça se trouve.

— Eh bien, en réalité j'y étais hier soir avec Rimas, mon ami biélorusse Rimas. Et j'y suis passé ce matin, mais par hasard. Je ne suis pas sûr de savoir y retourner. »

Jurgita est restée pensive, elle cherchait sans doute le moyen d'expliquer simplement le trajet, avant de dire :

« Avez-vous un papier et un stylo ? Je vais vous noter l'adresse. »

Hal s'est empressé de sortir son carnet et un stylo plume. Stylo dans une main, carnet dans l'autre, Jurgita a regardé furtivement autour d'elle comme pour s'assurer que personne ne la voyait faire. Puis elle a rapidement inscrit l'adresse. Elle était gauchère.

Cela fait, elle a considéré le stylo.

« C'est un très ancien modèle de Montblanc.

— Oui, il appartenait à mon défunt père.

— Mon mari avait exactement le même, c'est drôle. Il le tenait de mon beau-père, a expliqué Jurgita en remettant à Hal carnet et stylo. Vous avez l'adresse. C'est tout près de chez monsieur Eigis en fait, là où il y avait cette fête la nuit dernière. À présent je vous laisse. Nous nous reverrons à neuf heures. »

Hal a approuvé puis a repris sa valise.

Après avoir quitté Jurgita, il s'est dirigé au plus court vers l'Hôtel Užupis. Il avait pas mal de temps à occuper avant neuf heures et puis ce serait l'occasion de voir si Rimas lui avait laissé un message. Mais à l'hôtel il n'y avait aucun message, juste celui que Hal avait lui-même déposé le matin.

Hal a demandé au réceptionniste une feuille et s'est dirigé vers une table, dans un coin du hall. L'après-midi était encore jeune, il n'y avait pas grand monde. Une fois assis, Hal a rédigé un second message à l'attention de Rimas.

Mon cher ami Rimas,

Le message que je t'avais laissé ce matin n'a pas été réclamé et aucun message n'est arrivé de toi non plus. Je me dis qu'en ce moment tu es peut-être dans un car, en route vers Chișinău. Certes il a neigé toute la nuit, mais ce n'était pas de fortes chutes non plus.

Si donc tu es sur la route, il y a de grandes chances pour que cette lettre ne t'atteigne jamais (ou bien l'hiver prochain, si tu reviens à Vilnius pour revoir mademoiselle Vilma et que tes pas te portent à l'Hôtel Užupis ; mais moi je ne pense pas que j'y serais encore. Je dois quitter la ville et rejoindre au plus vite ma patrie).

Deux raisons me poussent à écrire cette lettre tout en sachant que tu pourrais ne jamais la lire. Premièrement, je ne rejette pas tout à fait la possibilité que tu sois resté à Vilnius. Deuxièmement, et si tu es resté à Vilnius, je souhaiterais vivement que tu m'accordes un rendez-vous.

Toutefois, en dépit de mes souhaits et espoirs, il se peut que tu aies pris ce bus vers Chișinău et que tu roules en ce moment parmi les paysages enneigés. Si c'est le cas, je voudrais t'assurer que j'ai tenu la promesse que je t'avais faite la nuit dernière et que je la tiendrai toujours. Je voulais te l'écrire noir sur blanc, qu'il n'y ait aucun malentendu sur cette question dans l'avenir.

Tu dois te demander pourquoi je te tiens ces propos qui doivent te sembler sans queue ni tête. Sache que j'ai rencontré Vilma cet après-midi et, sans que je l'aie voulu ni demandé, une autorisation de mariage a été établie pour Vilma et moi. Ce fait, pris sans recul, pourrait laisser croire des choses, tu pourrais même imaginer une trahison de ma part et c'est pourquoi je t'écris, pour clarifier tout cela. Quand tu connaîtras les détails de cette rocambolesque aventure, tu comprendras qu'il n'y a pas lieu de se méprendre sur ma sincérité envers toi.

Pour te résumer la chose, il se trouve que cet après-midi je me suis rendu au bureau des ressortissants étrangers du ministère des Affaires étrangères. Je devais y faire prolonger mon permis de séjour puisque je resterai en Lituanie plus de quarante-huit heures. Or à ma grande surprise, j'ai rencontré Vilma là-bas. J'ignorais naturellement qu'elle travaillait pour ce bureau.

On m'a expliqué que la prolongation de séjour était compliquée à obtenir, sauf raison exceptionnelle comme une catastrophe naturelle ou le mariage avec une femme lituanienne. Pour me venir en aide et me faire obtenir le précieux papier, Vilma a donc arrangé les choses et a fait établir une autorisation de mariage. Cela témoigne du caractère noble et bienveillant de Vilma, prête à aider un étranger comme moi, seul et sans personne sur qui s'appuyer.

Je ne doute pas que tu verras tout de suite la différence entre une autorisation *de mariage et un* contrat *de mariage. Le document qui m'a été délivré signifie que je* peux *épouser Vilma, pas que je* vais *épouser Vilma. Et je promets bien que je n'ai absolument aucune intention de l'épouser, j'espère que tu n'auras pas le moindre doute à ce sujet.*

Pour conclure, je voudrais te revoir pour que tu me dises plus de choses sur la République d'Užupis, comme tu avais commencé à le faire lors de la soirée chez monsieur Eigis. Vraiment si tu restes à Vilnius, je te serais reconnaissant de bien vouloir me dire ce que tu sais. Et si malheureusement tu n'avais pas le temps de me rencontrer pour cela, peut-être pourrais-tu me laisser par écrit tout ce que tu connais de la République d'Užupis.

A 18 h 20

Ton fidèle ami, Hal

Après avoir achevé sa lettre, Hal l'a relue. Satisfait, il l'a pliée et l'a confiée au réceptionniste avant de quitter l'hôtel.

Dehors, il faisait déjà sombre. Craignant de s'égarer à nouveau dans ces rues et quoique étant très en avance, Hal a pressé le pas.

Quand il est arrivé à Mano Kabina, un nouveau serveur officiait. Celui qui avait remplacé au bar la jolie Zoja était un grand gaillard aux cheveux blonds.

Hal est allé s'asseoir à la table où Rimas et lui s'étaient déjà assis la nuit précédente. Le garçon blond est venu prendre sa commande. Hal s'est enquis de Zoja, elle n'était pas là ? Non, elle avait terminé son service et ne reviendrait pas aujourd'hui. Hal a alors demandé après Rimas, vous savez, le musicien biélorusse ? Le jeune homme a fait une moue dubitative, non, il ne connaissait personne de ce nom. Déçu, Hal a commandé une pálinka. Par la fenêtre il voyait le mur dont le mortier s'était détaché par endroits laissant voir ses briques nues. La neige continuait de tomber infiniment devant ce décor.

Un couple est entré dans le café. La femme, petite trentaine, traits délicats, l'homme, approximativement du même âge, mesurant au moins deux mètres. Ils se sont débarrassés de leurs manteaux, ont secoué la neige de leurs cheveux. La femme, découvrant Hal assis seul à l'autre bout du café, a traversé la salle avec un large sourire.

« Bonsoir, monsieur Hal ! »

Il a serré la main qu'elle lui tendait.

« Je suis Inga.

– Inga ?

— Oui, la petite sœur de Vilma. »

Bien sûr, Hal la remettait à présent ! La femme en uniforme kaki qui avait tiqué sur son passeport, hier après-midi, au bureau d'immigration de l'aéroport. Sans son uniforme, ce n'était plus la même femme.

« Ah, c'est donc vous qui vouliez m'expulser hier pour cette histoire de visa ? a plaisanté Hal.

— Vous expulser ? Ah ça non, Vilma aurait été trop malheureuse. »

Elle avait répondu sur le même mode taquin que lui.

« Voici Kornelius, mon petit ami », a-t-elle ajouté.

L'immense Kornelius et Hal ont échangé une poignée de main.

« *Hi !*

— *Hi !* »

Kornelius n'était pas grand de taille simplement, ses mains étaient énormes. Hal a noté dans ses traits quelque chose d'asiatique.

« Je voulais justement vous parler. Ça ne vous dérange pas si nous nous joignons à vous un moment ? »

Hal, se doutant du sujet qui allait venir, n'a pas montré un grand enthousiasme. Il a toutefois invité les deux jeunes gens à s'asseoir face à lui.

« Quand elle est rentrée du travail ce soir, Vilma nous a dit qu'à partir d'aujourd'hui vous alliez venir vivre chez nous, est-ce exact ? »

Sans répondre, Hal a haussé les épaules. Inga a repris, l'air soucieux :

« Bien entendu, personne dans la famille ne va s'opposer à votre venue. Dans ce pays, les filles ont le droit d'amener leur petit ami chez elle. Néanmoins, il y a un petit souci. »

Toujours muet, Hal écoutait. Elle a poursuivi :

« Surtout, ne vous méprenez pas, ce serait un honneur pour notre famille d'accueillir un hôte de marque, tel que vous. Le problème, c'est le logement. L'appartement des parents est un peu petit pour six. Vous voyez, c'est un ancien “appartement populaire”, une construction qui date de l'occupation russe. Il y a bien trois chambres, mais celle de Vilma est à peine plus grande que la paume de sa main et ne possède pas de chauffage. Cet endroit ne convient pas à un homme de votre rang. »

Hal s'est enfin décidé à sortir de son mutisme :

« Je pense que vous n'avez aucune raison de vous tracasser, tout simplement parce que je n'ai pas l'intention d'épouser Vilma. »

Inga, étonnée, confuse, s'est exclamée :

« Oh mon Dieu ! Qu'ai-je fait, non, s'il vous plaît, ne vous méprenez pas ! Je ne m'oppose pas du tout à votre présence parmi nous. D'ailleurs je n'en aurais pas le droit, comme je vous disais. Je voulais seulement vous expliquer la situation, que vous ne soyez pas déçu en arrivant. Je vous en conjure, ne vous fâchez pas, pas au point de dire que vous n'allez plus vous marier avec Vilma. Si vous le souhaitez, nous pourrons changer de chambre. Je vous laisserai notre chambre. Elle n'est pas plus grande, mais le chauffage fonctionne encore à peu près.

— À mon tour de vous demander de ne pas vous méprendre. Si j'ai dit que je n'avais pas l'intention d'épouser Vilma, ce n'est pas parce que l'appartement de vos parents serait trop petit ou mal chauffé. Et certes mademoiselle Vilma est belle, tendre et ferait le bonheur de tout homme dans le mariage. Non, si je ne compte pas l'épouser c'est parce que je dois quitter ce pays, dès demain peut-être. Et puis il y a une autre raison, c'est qu'hier, exactement à cette table, j'ai promis à mon ami biélorusse, qui lui aime mademoiselle Vilma, qui l'aime cent fois, non mille, dix mille fois plus que moi, je lui ai promis que je n'épouserai pas mademoiselle Vilma. »

Inga, déboussolée, a questionné Hal :

« En ce cas, pourquoi être allé réclamer au bureau des ressortissants étrangers une autorisation de mariage avec elle ? Pourquoi, si vous n'aviez pas l'intention de l'épouser ?

— Ce n'est pas ce document que je désirais obtenir. Je me suis présenté là-bas pour faire prolonger mon permis de séjour. C'est vous-même qui m'avez dit hier que je devrais faire cette démarche si je restais plus de quarante-huit heures. Les quarante-huit heures n'étaient pas encore passées mais vu comme les choses avançaient, je me doutais que je risquais de dépasser cette limite. Je suis donc allé au bureau des ressortissants étrangers pour y demander la prolongation de mon permis de séjour. »

Inga l'écoutait, Hal a continué :

« Là, mademoiselle Vilma m'a dit que ma démarche avait peu de chance d'aboutir, à moins d'un événement majeur tel qu'une catastrophe naturelle ou un mariage avec une femme d'ici. Il me semble qu'elle a fait établir cette demande d'autorisation de mariage entre nous pour faciliter ma prolongation de séjour, voilà tout.

— Mon Dieu ! »

La consternation se lisait dans les yeux de Inga.

Après une pause, elle s'est adressée à Hal :

« Contracter un mariage avec une Lituanienne pour obtenir des papiers ? C'est proprement insensé. Pardonnez ma sœur, elle ne voulait pas vous faire du tort. Vous me croyez, n'est-ce pas ? »

Nouvelle pause. Inga se taisait. La tristesse avait envahi son visage.

« Je dois vous dire… C'est déjà arrivé avant. Vilma était tombée amoureuse d'un étranger, un homme qui était venu en Lituanie chercher la République d'Užupis. C'était un homme de qualité, il vous ressemblait trait pour trait du reste. Mais l'amour de Vilma était sans espoir, c'était un amour condamné. »

Stupéfait par les propos d'Inga, Hal a presque crié :

« Qu'est devenu cet homme, dites-le-moi !

— Il est mort. L'homme que ma sœur aimait s'est tiré une balle en pleine tête, dans un appartement abandonné de Vilnius.

— Mais pourquoi a-t-il fait ça ?

— Qui peut savoir ? »

Le silence s'est installé entre eux.

Au bout d'un moment, s'ennuyant ferme, Kornelius a commencé à mimer une partie de basket. Au début il agitait seulement les mains, mais peu à peu ses mouvements sont devenus plus animés, jusqu'à ce que ses épaules, son buste s'agitent comme s'il dribblait réellement.

« Eh, Kornelius ! »

Inga l'a interpellé vivement. Kornelius s'est arrêté et elle a repris, à l'intention de Hal :

« Excusez-le, il ne parle pas anglais. Il doit s'embêter. Je vous prie de bien vouloir l'excuser.

— Il n'y a pas de mal, les jeunes sont ainsi, ils ne savent pas rester immobiles longtemps. »

Elle a souri tristement.

« Merci de votre compréhension. Kornelius, voyez-vous, est basketteur. Dans notre pays, les gens sont très grands et notre équipe de basket fait partie des meilleures du monde. Nombre de nos joueurs jouent à l'étranger, également. La plupart de ces professionnels gagnent bien leur vie. Kornelius n'est pas le plus fort, mais il ramène beaucoup d'argent. Alors mes parents sont fiers de moi.

— Tous les parents du monde seraient fiers d'avoir une fille comme vous. Vous êtes jeune, belle et intelligente. »

Inga a rougi, un peu gênée par les compliments.

« Il existe de par le monde beaucoup de filles jeunes, belles et intelligentes. Si mes parents sont fiers de moi, c'est parce que Kornelius gagne beaucoup d'argent. »

Le visage plus triste, elle a continué :

« Pour être franche, Kornelius est plutôt niais. Il est grand mais il agit comme un enfant. Il n'a pas appris à parler correctement quand il était petit. Son père, Urbonas, l'a élevé dans une langue étrangère et Kornelius a grandi sans pouvoir s'exprimer en lituanien, ni en russe, pas plus qu'en polonais. Et rien ne lui est rentré dans le crâne. Hormis le basket. »

Nouvel accès de stupeur chez Hal.

« Ne serait-ce pas la langue d'Užupis que son père Urbonas lui aurait appris ? »

Entendant le mot *Užupis*, Kornelius a regardé en direction de Hal. Sans y prêter attention, Inga a repris son récit :

« Je ne sais pas. Son père, c'était un poète. Pour des raisons politiques il a été déporté dans un camp de travail, en Sibérie. Il n'est rentré que tout récemment. »

Jusque-là, Hal n'avait pas remarqué la ressemblance entre Kornelius et Urbonas, qu'il avait croisé la nuit précédente. Soudain, une exclamation s'est échappée de sa bouche. Pris d'exaltation, il a demandé :

« Je voudrais rencontrer son père ! Où pourrais-je le rencontrer ? »

Inga a considéré Hal avec une expression d'incompréhension profonde mais, tournant la tête, elle a tout de même parlé avec Kornelius. Il lui a répondu. Elle lui a encore parlé. Il lui a répondu à nouveau. Leur échange a duré un moment de la sorte jusqu'à ce que Inga se tourne vers Hal et lui dise en anglais :

« Kornelius dit que ce n'est pas possible de rencontrer Urbonas. Il se pourrait même qu'Urbonas soit mort dans un camp de travail, en Sibérie. »

Hal a eu une moue sceptique.

« Mais ne m'avez-vous pas dit tout à l'heure qu'il venait justement de rentrer de ce camp de travail, en Sibérie ?

— C'est exact, je vous l'ai dit. C'est qu'il y a ici des personnes qui affirment l'avoir vu. Elles disent toutes la même chose, qu'il se tenait dans un angle de rue, la nuit, sous la neige. Mais de fait nous n'avons aucune preuve réelle de son retour. S'il était rentré, comme ils disent, ne serait-il pas allé voir son fils Kornelius ? »

Pendant qu'il écoutait Inga, les larmes montaient aux yeux de Hal. Inga, embarrassée, a balbutié :

« Je crois que je vous ai encore dit des choses que je n'aurai pas dû. »

Des yeux, elle a fait signe à Kornélius. Elle lui disait sans doute qu'il était temps pour eux de partir. Le grand Kornelius s'est levé et a tendu la main à Hal. Hal l'a serré, essuyant ses yeux de l'autre main. Kornelius n'était pas que grand, ses mains aussi étaient celles d'un colosse. Les traits de son visage avaient décidément quelque chose d'asiatique. Inga et Kornelius ont quitté la table de Hal.

Le mari de Jurgita

Neuf heures avaient sonné et Jurgita ne se montrait pas. À sa place, c'est un paysan replet, la cinquantaine, serrant une grasse oie sur sa poitrine, qui a poussé la porte du Mano Kabina. Hal a immédiatement reconnu le paysan aperçu à l'aéroport.

L'homme cherchait quelqu'un dans le café et, repérant Hal, c'est vers lui qu'il s'est dirigé. Peut-être était-il porteur d'un message de Jurgita ?

Arrivé à la table où patientait Hal, après avoir jeté des coups d'œil furtifs derrière son épaule, le paysan lui a parlé. Était-ce en lituanien, en russe, en polonais, impossible pour Hal de le savoir. Le fermier a prononcé deux fois le nom de Jurgita. Hal a supposé qu'il s'assurait ainsi de parler à la bonne personne. Hal ayant opiné, l'homme a sorti une feuille pliée en deux qu'il a remise à Hal, continuant son discours. Mais sans attendre de réponse, il s'est esquivé d'un pas rapide. Son accoutrement, sans même évoquer l'oie, était suffisamment bizarre pour attiser la curiosité des gens mais, pour une raison mystérieuse, personne dans le café n'a prêté attention au porteur du message.

Hal a déplié le billet. L'écriture était familière. Il avait certainement été rédigé par Jurgita.

« Je vous prie de bien vouloir me rejoindre sans tarder à l'adresse suivante. »

Sous la phrase figurait une adresse et un plan avait été tracé. Hal a rapidement enfilé son manteau, coiffé son chapeau, payé son verre et est sorti dans la nuit, sa valise au bout du bras. Le froid était vif au-dehors.

Hal a descendu une rue en pente, sombre et glissante, puis a tourné à gauche et a marché sur environ deux cents mètres. Il a marqué un bref arrêt sous la lumière du lampadaire. Il a déplié la feuille pour s'assurer avec le plan qu'il suivait la bonne route. Il est reparti, a pris la première à droite. La rue qu'il empruntait à présent était plus étroite et plus étouffée d'obscurité que les précédentes. Au bout de deux cents mètres, Hal a regardé à droite, à gauche. Quand soudain Jurgita est sortie de la pénombre.

« Chut, pas un mot, suivez-moi. Quelqu'un pourrait nous voir. »

Ayant chuchoté ces mots, elle a tourné à l'angle de la rue. Hal, sans même avoir eu le temps de la saluer, a suivi son exemple.

Vingt mètres plus loin, Jurgita entrait dans une cour intérieure où la neige s'était accumulée. La cour formait un carré entouré d'immeubles décatis de trois étages. Arrivée dans la cour, Jurgita a enfin ouvert la bouche pour dire, à voix basse :

« Nous sommes dans l'ancien quartier juif. Tous ont été déportés pendant la guerre. »

Après cette précision, Jurgita a entraîné Hal dans l'entrée sombre d'un immeuble. L'entrée était faiblement éclairée par une ampoule hors d'âge. L'immeuble lui-même était vieux et décrépit, ayant toute l'apparence d'un entrepôt à l'abandon. Ils se trouvaient face à la porte d'un premier appartement et à leur droite montait un escalier.

« Venez, par ici. »

Jurgita avait commencé l'ascension de l'escalier.

Hal l'a suivie en se disant que cet immeuble devait être typique du vieux bourg.

Plus ils montaient et pire c'était. Le plâtre tombé par endroits laissait voir le mur nu. Ailleurs, des madriers consolidaient des murs prêts à s'effondrer. Le vent était comme chez lui ici, et l'air était glacial. Pourtant, des gens y vivaient apparemment. Derrière les portes de chaque palier on entendait les sons faibles de téléviseurs ou des voix, des bruits de familles.

Parvenue au troisième étage, Jurgita s'est arrêtée. Hal l'ayant rejointe a regardé alentour, plus qu'étonné. Jurgita a expliqué :

« C'est totalement en ruine, n'est-ce pas ? Nous sommes cependant au cœur du quartier le plus cher de Vilnius, à la vente comme à la location. Et les prix continuent de grimper. On dit que ces derniers temps même les hauts fonctionnaires du palais présidentiel, sans même parler des universitaires, ne sont plus en mesure de s'y installer. Il faut dire que le quartier est au centre-ville et que le système de chauffage fonctionne relativement bien dans le secteur. »

Tâtonnant le long du mur, elle a trouvé la brique qu'elle cherchait, l'a ôtée et a pris la clef cachée derrière. Avant d'ouvrir la porte de l'appartement, elle a frotté ses pieds sur le paillasson pour se débarrasser de la neige.

« Entrez », a-t-elle dit en franchissant le seuil.

Une fois à l'intérieur, elle a de nouveau frotté ses chaussures sur un tapis qui se trouvait là à cet effet, enlevant le reste de neige collé à ses semelles. Hal avait fait de même à l'extérieur avant de recommencer comme elle à l'intérieur. Après quoi il a relevé la tête pour découvrir l'appartement.

Il était plongé dans la pénombre. Hal n'a pu distinguer grand-chose de l'aménagement, mais il lui a semblé que l'appartement était vaste. Au centre du grand salon parqueté trônait une grande table lourde. Le mur du fond accueillait une cheminée de belle taille. Il n'y avait pas de feu dans la cheminée.

« Je pensais vous rencontrer au Mano Kabina mais je me suis dit que ce serait trop risqué finalement. C'est pourquoi je vous ai fait venir ici. Je voulais également vous montrer quelques affaires de mon défunt mari en rapport avec la République d'Užupis. J'ai supposé qu'elles pourraient être de quelque intérêt pour vous qui cherchez à vous y rendre. »

Hal a enlevé son chapeau et son manteau. Jurgita, qui l'avait débarrassé, a disparu dans l'obscurité. Toussotant, Hal a fait quelques pas dans le salon.

« Vous avez l'air enrhumé. Asseyez-vous là », a dit Jurgita, ressortie des ténèbres.

Hal a obtempéré. Il s'est assis à la grande table, au centre du salon. Jurgita l'a recouverte d'une nappe et a mis devant Hal une assiette creuse et une cuiller à soupe.

« Un instant s'il vous plaît, je vous apporte la soupe. »

Elle a disparu à nouveau, avant de revenir avec une soupière fumante et de le servir.

« Tenez, prenez, ça calmera votre toux.

— Merci. »

Hal s'est mis à manger sa soupe presque avec avidité, comme quelqu'un d'épuisé et d'affamé. Jurgita était restée debout à ses côtés, le regardant se restaurer. Il savourait, oublieux de tout le reste, jusqu'à ce qu'il relève les yeux vers elle.

« Sincèrement, jamais de ma vie je n'ai goûté une soupe aussi bonne. Elle est à quoi ?

— Poisson et légumes. Un plat traditionnel d'Užupis. Les Lituaniens ne savent pas la préparer.

— Il me semble reconnaître le parfum du jasmin, vous ajoutez des fleurs ? »

À sa question, Jurgita a éclaté de rire, un rire lumineux, beau.

« Ajouter des fleurs dans une soupe, quelle idée de recette merveilleuse ! Non, ce n'est pas un parfum de fleur que vous avez cru reconnaître, ce sont des champignons. J'ai utilisé une certaine variété de champignons qui poussent dans la forêt d'ici, ils ont pour vertu d'apaiser la toux. »

Jurgita a plongé la louche dans la soupière pour resservir Hal. D'un panier posé sur la nappe, elle a pris une miche de pain qu'elle a tranchée pour son invité. Était-ce grâce à la soupe ? Toujours est-il que la toux de Hal avait cessé.

« Je ne sais comment dire, j'ai l'impression d'avoir déjà mangé une soupe comme celle-ci, avec ce goût de jasmin. Mais je ne me souviens ni quand ni où. C'est très étrange. »

Après cette remarque, Hal est retourné à son plat, mangeant à grand bruit, sans plus de gêne. Il a aussi pris la tranche de pain que Jurgita lui avait coupée. Elle le regardait faire avec satisfaction.

Hal a soudain levé la tête, a fixé le mur devant lui. Sa vue s'était habituée à la faible lumière du salon et il venait de voir une chose qu'il n'avait pas remarquée jusque-là : un drapeau accroché au centre du mur, au-dessus de la cheminée.

« Qu'est-ce que c'est ? Ne serait-ce pas… le drapeau de la République d'Užupis ? »

Hal a demandé cela sans quitter le drapeau de ses yeux enchantés.

« Oui, il appartenait à mon défunt mari », a répondu Jurgita avec un sourire triste.

Ensorcelé, Hal s'est levé et a marché vers la cheminée et le drapeau.

« Vous êtes un citoyen d'Užupis, vous reconnaissez ce drapeau », a déclaré Jurgita. Absorbée par sa nostalgie, elle a murmuré :

« Chaque fois que je vois ce drapeau me revient une scène de mon enfance. Je ne me souviens pas exactement de ce qui s'est passé ce jour-là, j'avais quatre, cinq ans. Les gens étaient tous sortis dans les rues pour accueillir une personne, ils brandissaient ce drapeau, ils acclamaient son nom. Si j'y repense, il me semble maintenant que c'était une procession de voitures. Un homme, grand, le front ceint d'une couronne de laurier, saluait la foule, debout dans une voiture qui roulait lentement.

Le véhicule s'est arrêté, l'homme est descendu. Il s'est dirigé vers moi. Les adultes m'ont poussée vers lui et je lui ai offert un bouquet de fleurs. Tout le monde applaudissait. Il m'a caressé la joue en me donnant un baiser. C'est alors qu'il a décroché le drapeau qui recouvrait ses épaules et qu'il m'a enveloppée dedans. Quand il m'a embrassée, sa barbe piquait tellement, j'ai manqué éclater en sanglots.

— Je crois que je me souviens de ce jour, a dit Hal. C'était le retour de cet athlète d'Užupis qui avait remporté le marathon aux Jeux olympiques. Moi aussi j'étais sorti dans la rue, j'avais agité mon drapeau avec les autres, j'étais heureux. J'en ai encore un souvenir très net.

— Mon Dieu, nous étions tous deux présents à cette scène historique, a dit Jurgita, la voix tremblante d'émotion. Avec pour seule différence que vous étiez empli de joie tandis que moi j'étais au bord des larmes, à cause de la barbe de l'homme. »

Hal, tout à l'excitation de son souvenir, sans écouter Jurgita, a poursuivi d'une voix enfiévrée :

« C'était absolument extraordinaire. Le cortège a roulé jusqu'au palais présidentiel. J'étais avec mes amis, à l'entrée du pont. »

Pour mieux expliquer à Jurgita où il se tenait ce fameux jour, Hal a sorti une carte postale de sa poche. La photographie en noir et blanc représentait un château de style classique qui semblait surgir d'un lac. Il était plein de délicatesse et d'élégance et semblait tout de marbre bâti. Au pinacle, sur une flèche, flottait un drapeau. Au-delà du lac se déployaient des montagnes dont les sommets étaient couverts de neige éternelle, comme dans les paysages alpestres. C'était la carte postale que Hal avait présentée à Jonas, le chauffeur de taxi, ainsi qu'à Alvydas et sa petite bande au bar de l'Hôtel Užupis

« Voilà. J'étais là. Notre héros national est passé juste devant nous avant de traverser le pont. Il allait recevoir l'accueil officiel du Président. Si vous êtes la petite fille qui lui a remis le bouquet, alors vous deviez vous situer à peu près ici, dans la cour du palais. »

Sur la carte postale, Hal a indiqué du doigt un endroit.

Jurgita a pris la carte et a semblé se fondre dedans, l'air extasié. Comme si elle peinait à maîtriser son émotion, elle a fermé ses paupières, serrant la photographie contre son cœur. En elle, tout un pan de souvenirs perdus ressurgissait. Après un temps, elle a détaché la carte de sa poitrine, l'a contemplée à nouveau.

« Tout ce que vous dites est juste. Mon père a traversé ce pont en repartant. Flanqué de ses hommes, montant son cheval. Tant de gens s'étaient rassemblés, avec le Président, pour leur dire au revoir. Ils saluaient mon père et ses hommes qui traversaient le pont. »

Les larmes montaient dans les yeux de Jurgita. Hal contenait son émotion, attendant ce qu'elle allait dire. Du doigt, Jurgita a désigné une des photographies sous cadre dressées sur le linteau de la cheminée.

« Là, voici mon père. Il était général dans l'armée užupisienne. »

Sur la photo on voyait un homme en uniforme chamarré, des médailles épinglées sur la poitrine. Il posait debout, majestueux, devant le drapeau d'Užupis. C'était un bel homme, aux traits empreints de noblesse. Deux étoiles ornaient ses épaulettes.

« Vous ressemblez à votre père, Jurgita. »

Avec un sourire triste, elle a répondu :

« Hélas, j'ai peur de n'avoir guère de souvenirs de mon père. Il est mort à la guerre il y a si longtemps. Ce dont je me souviens, c'est cette image où il franchit le pont devant le palais. Il n'est jamais revenu.

— Je suis désolé… »

Pourtant, l'instant d'après Jurgita a semblé avoir rejeté son chagrin et c'est d'une voix gaie qu'elle a désigné un autre cliché :

« Ici, c'est mon cousin et moi, quand j'étais enfant. »

C'était une petite photographie encadrée, pas plus grande qu'un paquet de cigarettes. Dessus, une enfant, cinq ans tout au plus, et un garçon de treize, quatorze ans, dégingandé, se tenaient par la main. La fille portait une robe et un bonnet d'été blanc. Le grand garçon était en bermuda, un chapeau de paille à la main. L'image avait été prise en été, probablement sur un lieu de villégiature. La petite fille plissait les yeux comme si elle était incommodée par le soleil tandis que le garçon regardait droit devant lui, le visage inexpressif.

L'attention de Hal s'est focalisée sur les traits du garçon, des traits asiatiques.

« Elle est drôle cette photographie, n'est-ce pas ? Elle aurait été prise en Géorgie, d'après ce que l'on m'a dit, au bord de la mer Noire. Moi, je ne me souviens pas y être allée.

— Oui ? Dites-moi, votre cousin a vraiment un air asiatique, lui.

— C'est exact. De fait dans un autre pays nous n'aurions pas été considérés comme cousins. À Užupis en revanche, nous l'étions, parce que mon père et son père étaient très proches, comme des frères, donc on disait des cousins. Et ce n'était pas qu'un mot. »

Jurgita continuait de regarder la photographie, tapotant sur l'image de la fille et du garçon.

« Souvent les jeunes filles d'Užupis épousent leur cousin. Elles sont alors considérées comme les plus heureuses des mariées et sont tenues en haute estime dans la société. Celles qui sont sans cousin ou qui, en ayant un, se marient avec un autre homme, sont vues comme des filles malheureuses. Il arrive aussi que des jeunes filles qui n'ont pas pu épouser leur cousin se marient avec un homme en secondes noces, ayant peut-être deux ou trois enfants ; elles-mêmes étant considérées comme divorcées. Mais ce garçon, là, cette grande perche, il est revenu de loin pour épouser cette petite fille et prouver ainsi qu'ils étaient cousins. »

À ce stade du récit, sa voix a retrouvé la tristesse. Elle a murmuré :

« Et à cause de ce cousin, mon cœur saigne toujours. »

Hal a gardé un silence respectueux. Une nouvelle fois Jurgita a surmonté sa tristesse et, d'une voix redevenue presque joyeuse, s'est exclamée, montrant un troisième cadre sur le linteau :

« Regardez, voici la photo de notre mariage ! »

Sur l'image, Jurgita souriait, radieuse dans sa robe de mariée, à côté d'un homme – son mari probablement. Cet homme ressemblait beaucoup à Hal mais celui-ci n'a pas semblé s'en rendre compte.

« Vous êtes très belle. Et votre mari aussi est très beau, s'est émerveillé Hal.

— Merci. Nous étions si heureux alors. Même si ça n'a pas duré », a-t-elle dit, rêveuse. Puis montrant une quatrième photographie :

« Et celle-ci est une photo de famille de mon mari. »

Il s'agissait d'un cliché ancien, en noir et blanc. Un homme d'âge moyen, assis, tout raide dans son costume austère orné d'une décoration officielle. À côté de lui se tenait, assise également, une femme distinguée, dans une toilette élégante. Devant le couple, un garçon de six ou sept ans et une petite fille, de cinq ou six ans. Derrière le couple, un trentenaire, grand, portant une belle moustache, prenait la pose. Cette photographie était identique à celle que Hal lui-même avait montrée la nuit précédente à Alvydas et Vladimir. Pourtant il ne semblait pas l'avoir remarqué.

Jurgita a présenté chacun :

« Cet homme-là, c'est mon beau-père. Il était ambassadeur de la République d'Užupis dans une lointaine contrée. Cette dame, c'est ma belle-mère. La jolie fille que vous voyez ici, c'était ma belle-sœur, et le grand garçon est mon cousin, celui que j'épouserai des années plus tard. N'est-il pas adorable ? Ah, quant à ce grand monsieur avec la magnifique moustache, c'est l'oncle de mon mari. C'était un grand poète, le barde du peuple užupisien. Il s'appelait Urbonas.

— C'est lui, Urbonas ? »

Dans un sursaut, Hal avait crié. Mais Jurgita, ignorant les raisons de sa surprise, a continué :

« Ils paraissent si heureux, n'est-ce pas ? Il a fallu que tout s'achève tristement, hélas. Ils sont partis à l'étranger, loin. Le père avait été nommé ambassadeur. Et alors qu'ils se trouvaient dans ce pays, ils ont perdu leur patrie. Sans jamais pouvoir rentrer chez eux, ils se sont trouvés en exil.

— Mon Dieu…

— Leur mal du pays était trop fort. Mon beau-père s'est donné la mort. Il s'est tiré une balle.

— Oh non…

— Le mal du pays est une faiblesse des gens d'Užupis, c'est dans notre sang. Certains disent que c'est une véritable maladie, chez nous. D'aucuns ont prétendu que notre coutume du mariage entre cousins en serait la cause. Après le décès de mon mari, je suis partie, je voulais me défaire de ma tristesse. Je suis allée de l'autre côté de la mer, au Danemark, mais la nostalgie du pays natal me tenaillait, il fallait que je retrouve mes racines. Alors je suis venue en Lituanie, au plus près de ma patrie. J'imagine que pour mon beau-père il était insupportable d'imaginer vivre à jamais en exil. »

Hal a approuvé.

« Dans l'histoire de Han, le pays où j'ai vécu, des événements semblables se sont déroulés. Han était un royaume indépendant jusqu'au début du siècle dernier et sa colonisation par l'Ahab. Le roi de Han avait envoyé un émissaire secret, un certain Jang, à la conférence internationale qui avait lieu à Saint-Pétersbourg, pour y dénoncer l'agression de l'Ahab. Mais le plan n'a pas fonctionné. L'Ahab a réussi à faire en sorte que Jang ne puisse s'exprimer devant l'assemblée. Résolu, il a alors manifesté tous les jours devant les lieux où la conférence était organisée. Quelques journaux locaux se sont fait l'écho du courage de ce héros solitaire, mais globalement il n'a recueilli qu'indifférence. Un jour, Jang a été retrouvé mort dans sa chambre d'hôtel miteuse, à Saint-Pétersbourg. Les circonstances de sa mort n'ont jamais été connues.

— Je me demande si mon mari est mort comme cet homme. »

Jurgita s'est mise à pleurer, le visage dans les mains.

« Je suis désolé, je n'aurai pas dû vous raconter cette histoire », a dit Hal, confus.

Mais Jurgita s'est redressée et, contenant ses émotions, a dit :

« C'est moi qui suis désolée. Je ne sais pas ce qui m'arrive aujourd'hui, ce doit être la rencontre avec un compatriote qui me rend si heureuse. »

Jurgita a repris sa description des gens sur la photographie :

« Cette dame très élégante : après la mort de son mari elle a fini ses jours dans un asile d'aliénés du pays d'exil. Et elle, la jolie fille qui s'est retrouvée orpheline loin de sa patrie, elle a succombé à une tuberculose à l'âge de quinze ans. Il n'y a que le garçon qui a pu entendre la bonne nouvelle de l'indépendance recouvrée d'Užupis. Et quand il est revenu, nous nous sommes mariés.

— Et ce monsieur, qu'est-il devenu ? »

Hal désignait l'oncle du mari, l'homme à la moustache altière. Jurgita a poussé un long soupir.

« Il n'était pas parti avec la famille de son frère, il était resté en Užupis Il a écrit des poèmes lyriques, de purs bijoux qui lui ont valu le titre de "poète du peuple". Quand Užupis s'est trouvé pris sous le joug ennemi, il a composé des poèmes de résistance. Alors il a été déporté en Sibérie, dans un camp de travail. Sa trace s'est perdue là-bas. »

Hal est demeuré pensif.

« N'aurait-il pas eu un fils, un certain Kornelius ?

— Je l'ignore. Il avait une réputation de coureur de jupons invétéré. Je ne serais guère surprise qu'il ait eu plusieurs enfants. D'ailleurs les jeunes admiratrices du poète, quand elles tombaient enceintes, disaient toutes qu'Urbonas était le père. On ne saura jamais la part du vrai dans tout cela.

— Ah ça… !

— Mais j'allais oublier, je vais vous faire voir les affaires de mon mari. »

Jurgita a ouvert une vitrine près de la cheminée. Elle en a tiré une petite boîte, plate. Elle a allumé une lampe pour éclairer l'objet.

« Le père de mon mari, mon beau-père si vous voulez, a reçu ceci du président de la République d'Užupis. Regardez, a-t-elle dit en ouvrant la boîte où dormait une médaille.

— Elle est magnifique. »

La médaille était identique à celle que lui-même avait fait voir la nuit précédente à Vladimir, chose que Hal n'a pas semblé réaliser. Il examinait la boîte et a remarqué une petite photographie presque dissimulée dedans.

« Et sur cette photo, qui est-ce ? »

Sur l'image en noir et blanc, une jeune fille aux cheveux clairs était assise devant un piano à queue. Elle ressemblait beaucoup à une autre photographie que Hal avait montrée à Vladimir chez monsieur Eigis. Il y avait toutefois une différence. Sur ce cliché, outre la pianiste, se tenait debout à ses côtés une dame qui la regardait avec un sourire empli de fierté. C'était la dame vue sur la photographie de famille du mari de Jurgita.

« Ah, s'est exclamée Jurgita, je me demandais où elle était passée, celle-la. »

Avoir retrouvé cette photographie lui procurait une joie évidente, on imaginait qu'elle avait dû la chercher longuement. Hal a néanmoins semblé perplexe, comme si quelque chose lui avait échappé.

« Je vous suis si reconnaissante de l'avoir exhumée ! À l'époque j'avais pris des leçons de piano. La dame que vous voyez là, c'est ma tante, devenue plus tard ma belle-mère. C'est elle qui me donnait les cours. »

Hal scrutait toujours la photographie avec le même air incertain.

« C'est très étrange... Cette salle me semble familière. Où était-ce ? »

Le rire de Jurgita a fusé, ce rire lumineux, si beau.

« Rien d'étonnant. C'est la salon de monsieur Eigis, là où j'ai joué hier soir. »

L'explication donnée a rendu Hal encore plus dubitatif.

« Oui, la maison de monsieur Eigis où vous étiez hier appartenait autrefois à la famille de mon cousin. »

Enfin Hal a paru comprendre. Hochant la tête il a dit :

« Voilà ! Alvydas m'en a parlé hier. Qu'une grande famille autrefois avait habité cette maison. Jusqu'à l'Occupation. C'était donc votre mari, l'héritier de cette grande famille ! »

Cynique, Jurgita a sorti un revolver de la vitrine.

« Oui, c'est cela. Et voici une part de l'héritage de cette "grande famille d'autrefois". Ce revolver a défendu l'honneur de son dernier héritier. Il a été ramassé près de son corps. La police a affirmé qu'il s'en était servi contre lui-même. Je n'en crois rien. »

La peine était revenue. Jurgita s'est tue. Hal, respectant sa tristesse, s'est tu également. Un silence lourd s'est installé.

Une poignée de minutes plus tard, pour passer à autre chose, Jurgita s'est forcée à faire un sourire solaire et a mis le canon du revolver sur sa tempe. Mais elle s'était servie de sa main gauche et son geste avait quelque chose de maladroit et de presque comique.

« Tiens, vous êtes gauchère. »

Baissant mollement le bras au bout duquel pendait le revolver, Jurgita a eu une grimace.

« Je vois, vous faites référence au conte populaire d'Užupis, celui qui dit que les gauchères deviennent veuves très tôt. Vous avez raison, je suis gauchère et je suis devenue veuve très tôt. »

Réalisant la maladresse de sa remarque, Hal s'est empressé d'ajouter :

« Ma mère aussi était gauchère. »

Jurgita est retournée vers la vitrine soudain, comme si une chose lui revenait à l'esprit.

« Parlez-vous užupisien ?

— Pas véritablement. Je comprends la langue mais je ne la parle pas. Cela fait trop longtemps que je n'ai pas pratiqué j'imagine.

— Non ? C'est drôle, mon mari disait exactement la même chose. Je voudrais vous lire un poème. Son titre est : *Poète d'un pays colonisé.* »

Ayant fait cette annonce, Jurgita, de la main gauche, a feuilleté un livre. Elle a trouvé le poème et a commencé à lire, en užupisien :

Les poètes de tous les pays colonisés sont gauchers
Gauchers, ils mangent
Gauchers, ils boivent
Gauchers, ils aiment
Gauchers, ils se masturbent
— Leur montre, bien entendu, ils la portent au poignet droit.

L'amour des poètes gauchers ne connaît pas de terme
Toutes les filles des poètes gauchers
Deviennent muettes
Elles chantent des chansons silencieuses
Pleurent des larmes sans bruit
— Leur montre, bien entendu, elles la portent au poignet droit.

L'amour des filles muettes ne connaît pas de terme
Tous les maris des filles muettes
Deviennent aveugles
Ils chuchotent dans les oreilles de la nuit
S'endorment dans le sein de la nuit
— Leur montre, bien sûr, ils la portent au poignet droit.

Les poètes de tous les pays colonisés du monde sont gauchers
Gauchers, ils écrivent leurs poèmes
Gauchers, ils nourrissent leurs filles muettes
Gauchers, ils accueillent leurs beaux-fils aveugles
— Leur montre, bien sûr, ils la portent au poignet droit.

Hal, qui avait écouté avec la plus vive attention, a poussé un long soupir à la fin de la lecture.

« Ah, quel poème lugubre, si triste ! Le sort d'un peuple qui a perdu son pays est si dramatique.

— Oui, a dit Jurgita. Urbonas, poète du peuple de la République d'Užupis, a écrit ce poème durant l'Occupation. Il célébrait le décès de Yorslav, poète ukrainien qui était dans une situation similaire. Yorslav est mort, victime d'un complot politique. »

Hal a approuvé, l'air sombre.

« Ce poème a fait pleurer les Ukrainiens durant l'Occupation, il a allumé les feux du mouvement indépendantiste en Ukraine », dit Jurgita.

Même jeu de Hal qui approuvait.

« C'est cet homme-là qui a écrit le poème si triste qui a fait pleurer tant d'Ukrainiens. »

Jurgita a montré une image au tout début du livre. Hal a vu un jeune homme aux traits asiatiques, la trentaine, un peu plus peut-être, avec une moustache élégante. À en juger par le contour délicat de ses lèvres, pas étonnant qu'il ait été considéré comme un coureur de jupons. L'image était sans doute la reproduction d'une photographie ancienne, elle portait des stries et était de qualité plutôt médiocre.

Hal a approuvé, ne disant toujours rien, visage fermé. De nouveau un silence lourd régnait entre eux. Un silence sans doute trop pesant pour Jurgita. Elle est allée à la fenêtre et a écarté avec circonspection le rideau. Elle est restée un moment à s'imprégner du spectacle de la neige qui tombait au-dehors. Elle s'est enfin retournée et a décrété :

« Allez, si nous écoutions de la musique ? »

À peine la proposition faite, elle s'est dépêchée de revenir vers la vitrine et y a choisi un disque qu'elle a positionné sur un vieil électrophone. Les enceintes ont grincé d'abord quelques sons parasites puis la musique a débuté sur un prélude solennel et triste.

Hal a relevé brusquement la tête.

Après le prélude poignant, une voix de ténor, majestueuse mais tout en délicatesse, a entonné l'hymne national d'Užupis. Hal se tenait raide, les yeux clos, figé par l'émotion qui étreignait son corps tout entier.

« Reconnaissez-vous ce morceau ? »

Il n'a pas répondu. Le chant résonnait dans la pièce, roulant en vagues puissantes qui venaient se briser sur le rivage. L'instant d'après, la voix du ténor n'était plus qu'un murmure, une brise douce à la surface d'un lac. Dans cet intervalle apaisé, Hal a chuchoté à l'oreille de Jurgita :

« C'est la pièce que vous avez jouée la nuit dernière. L'hymne national d'Užupis, notre patrie.

— Oui, notre patrie ! » a réaffirmé Jurgita, de la même voix feutrée.

La musique enflait à nouveau comme une immense vague. Hal, submergé par l'émotion, a pris Jurgita dans ses bras et l'a couverte de baisers auxquels elle a répondu avec autant de passion, mains tressées autour de son cou. Le ténor poursuivait son chant solennel et triste. À bout de souffle, Jurgita a repoussé Hal.

« Non, je ne peux pas… Pas dans cette pièce, là où j'ai aimé mon mari…

— Pardonnez-moi… » l'a-t-il supplié, haletant.

Ils se sont tus tandis que la musique se faisait de plus en plus fervente, gonflant comme une fureur. Enfin Jurgita a jeté ses bras autour du cou de Hal.

« Oh ! Malheureux, malheureux compatriote ! »

En larmes, elle a murmuré :

« Mon mari me pardonnerait s'il savait que vous êtes, vous aussi, un voyageur solitaire en quête de sa patrie »

Bouleversé, Hal a dégrafé le devant de sa robe, a libéré ses seins généreux, d'une blancheur éblouissante. Il a commencé à les sucer follement. Jurgita laissait dévoiler ses seins si beaux, si voluptueux, presque sublimes, elle les offrait à Hal, lui caressant doucement les cheveux et chuchotant pour elle-même :

« Vous êtes comme mon cousin… La nuit précédant son départ vers la patrie perdue… je l'ai allaité, comme vous maintenant… »

Des larmes chaudes coulaient des yeux de Jurgita et l'hymne national montait vers son finale.

Poète d'un pays colonisé

Le lendemain, à l'aurore, lorsque Hal s'est réveillé, Jurgita comme un petit oiseau frémissant dans le froid avait niché sa tête contre son épaule. Apparemment elle ne dormait plus depuis un moment déjà. Peut-être même avait-elle attendu que Hal sorte du sommeil, sans avoir pu dormir du tout.

« Je reviendrai. Quand j'aurais retrouvé notre patrie, je reviendrai te chercher.

— Ce que tu dis, mon mari l'avait dit aussi. Il avait promis de m'emmener un jour en Užupis. Mais il n'est jamais revenu. »

Hal s'est redressé dans le lit.

« Cela ne m'arrivera pas, Jurgita. Je ne mourrai pas avant d'avoir revu notre patrie. »

Décidé, il s'est levé et a commencé à s'habiller.

« Comment comptes-tu t'y prendre ?

— Il doit forcément y avoir un moyen. S'il le faut, je parlerai à Urbonas. »

Surprise par sa sortie, Jurgita s'est assise dans le lit. Rassemblant ses vêtements, elle a commencé à s'habiller à son tour. L'inquiétude avait envahi ses traits.

« Qu'y a-t-il ? J'ai dit quelque chose qu'il ne fallait pas ?

— Tu as juste dit que tu voulais rencontrer une personne que tu ne peux pas rencontrer. »

Elle s'était rhabillée à présent. Elle a continué :

« Sais-tu vraiment qui est cet homme ? Urbonas a été déporté en Sibérie il y a des années. Et d'après ce que l'on dit, il serait mort là-bas.

— Pourtant, moi je l'ai vu l'autre soir, en rentrant de chez monsieur Eigis. »

Jurgita a eu un rire crispé, extrêmement tendu.

« Ah, donc toi aussi tu as rencontré Urbonas ! Cet homme qui est mort. Mon mari avait dit la même chose. »

Saisie par le désespoir, Jurgita a plongé son visage dans ses mains, avant de murmurer :

« Pauvre Urbonas, fallait-il qu'il l'aime, sa patrie, pour la chercher encore après sa mort. Et sans même parvenir à la rallier jamais.

— Que veux-tu dire ? s'est emporté Hal.

— Ce que je veux dire, a-t-elle repris d'une voix ferme, c'est qu'Urbonas est mort. Et toi tu veux le rencontrer ? Alors d'accord, inutile de sortir dans ce froid glacial. Je ne serai pas surprise qu'il soit toujours là ! »

Ce disant, elle s'est précipitée vers la fenêtre en ouvrant grand les rideaux.

« Regarde ! Tu le vois ? Il est là. Et il ne s'est pas encore aperçu que le jour se levait… »

Fasciné, Hal s'est dirigé vers la fenêtre, regardant au-dehors, là où Jurgita pointait un doigt. Il neigeait, l'obscurité nimbait encore la ville. Au coin d'une rue, semblant une statue, un grand homme se tenait debout, immobile sous les flocons. Hal l'a reconnu aussitôt tandis que sa silhouette peu à peu s'effaçait sous les premiers rayons de l'aube.

« Que dois-je faire, maintenant, a marmonné Hal pour lui-même.

— Tu pourrais rester, a dit doucement Jurgita.

— Non, c'est impossible, je dois mettre en terre les cendres de mon père. »

Presque comme dans un monologue, Jurgita a murmuré :

« Oui, vous les hommes, vous devez partir. Mon mari aussi est parti. C'est le destin des hommes d'Užupis. »

Hal a enfilé son manteau, mis ses gants et sa chapka. Puis il a empoigné sa valise et a ouvert la porte. Quand il a disparu, Jurgita s'est mise à sangloter en silence.

Alors qu'il traversait la cour enneigée de l'immeuble, d'une église proche une vieille cloche a sonné. Le son était si fort que Hal a senti un douloureux martèlement sur ses tympans. Surpris par le bruit, des pigeons se sont envolés dans le ciel, battant frénétiquement des ailes.

L'église était à proximité immédiate. Sorti de l'immeuble, après avoir tourné au premier angle, Hal s'est trouvé face à son porche. Il a levé les yeux, cherchant à distinguer les coupables instruments qui continuaient leur vacarme. Tout ce qu'il a pu voir, c'étaient des clochetons en forme de couronne dressés vers le ciel et une myriade de flocons de neige qui descendait dessus. La source du grondement demeurait un mystère.

Une vieille femme accroupie devant l'église et qui mâchait on ne savait quoi a soudain remarqué Hal, s'est levée comme mue par un ressort et a dévalé vers lui. Apparemment, la vue de celui-ci la remplissait d'allégresse, elle parlait très vite, marmonnant des choses incompréhensibles en ne cessant de faire des signes de croix sous le nez de Hal. Enfin il l'a reconnue, c'était la mendiante croisée l'autre soir, quand la bande se rendait chez monsieur Eigis. Du coup, il s'est montré aussi ravi qu'elle.

« C'est vous ! Quelles retrouvailles ! Vous n'avez pas froid ? »

La vieille dame ne comprenant pas un mot d'anglais continuait de pépier. Elle serrait dans sa main des graines de maïs, ou de tournesol peut-être, qu'elle ne cessait de mâchouiller.

« Dites, qu'est-ce que vous mangez ? Vous me faites goûter ? »

Le flot de paroles s'est interrompu, la vieille a dessiné un sourire timide et a vidé le contenu de sa paume dans la paume de Hal.

Les graines ressemblaient à des graines de maïs, mais pas tout à fait, elles ressemblaient autant à de petits fruits secs. Hal a examiné ces drôles de choses avant d'en mettre une dans sa bouche. Ce n'était ni du maïs, ni du tournesol, ni un fruit sec. Le goût était très particulier.

« Hum, c'est bon. »

Ayant dit, Hal a pris une demi-douzaine de graines, les a croquées de bon cœur, en a repris une douzaine. Le voyant à son aise, la vieille femme s'est remise à parler, tandis que Hal continuait de ne pas comprendre un traître mot de son babil. Il a mis dans sa bouche tout ce qui lui restait et, mâchant, a sorti son porte-monnaie. Il s'est sans doute dit que la mendiante lui demanderait quelque chose.

Mais en voyant le geste de Hal, la vieille a secoué la main, prenant un air sévère. Clairement, elle faisait savoir qu'elle ne voulait pas l'aumône. Son attitude a fait hésiter Hal, il a tout de même sorti un billet de cent litas.

« Allons, allons, madame, prenez-le. Moi, je n'en aurai plus tellement besoin vous savez. »

Mais la vieille dame a refusé catégoriquement. En revanche, elle a continué de débiter il ne savait quoi. Son visage était grave, Hal ne savait que penser.

Soudain, quelqu'un a crié dans son dos :

« Hal, est-ce toi ? Qu'est-ce que tu fais ici ? »

Se retournant, Hal a découvert devant lui Alvydas aux yeux noirs. Une bienheureuse surprise.

« Alvydas ! Tu tombes bien, pourrais-tu me traduire ce que dit cette dame ? »

Cédant aussitôt à la demande, Alvydas a commencé à discuter avec la mendiante qui avait gardé d'un bout à l'autre de leur conversation le même air sérieux. Alvydas écoutait, approuvant de temps à autre de la tête. Enfin il s'est tourné vers son ami.

« Elle dit que tu lui as déjà donné cent litas avant-hier soir, qu'elle ne peut en accepter plus. Que ces cent litas de l'autre fois, c'était déjà beaucoup. Elle dit aussi qu'elle voudrait te donner sa bénédiction.

— Sa bénédiction ?

— Oui, enfin non, pas tout à fait, en réalité elle voudrait te dire la bonne aventure. Le pays compte quelques femmes dans son genre. Il paraît que certaines sont tout à fait prodigieuses ! »

Un peu gêné, Hal n'a su que répondre. La vieille femme s'est adressée à Alvydas, qui a éclaté de rire.

« Elle dit que tu es le grand-père de sainte Jeanne d'Arc, que tu vas rencontrer ta petite-fille et qu'elle sera la sauveuse de votre patrie.

— Qu'est-ce que ça veut dire ? »

Alvydas a fait signe qu'il n'y comprenait rien lui non plus. La vieille a donné de nouvelles explications que Alvydas s'est empressé de communiquer à Hal.

« Une bonne épouse nourrit les hirondelles et les hirondelles nourrissent les bons citoyens.

— Ce qui signifie quoi au juste ?

— Ah ça, je n'y comprends rien non plus. »

La femme a fait un nouveau signe de croix devant le nez de Hal avec quelques mots marmonnés d'un ton inquiet. Méfiant, Hal a interrogé son camarade :

« Et là, qu'est-ce qu'elle vient de dire ? »

Alvydas a paru mal à l'aise, il a tiré Hal par le bras.

« Peu importe ce qu'elle dit, allons-nous-en maintenant. Ça te dirait de prendre un café quelque part ? »

Hal a quitté la vieille dame pour suivre Alvydas. Mais, visiblement, quelque chose le tracassait et il a renouvelé sa question :

« Qu'est-ce qu'elle avait dit ?

— C'est sans importance, n'y pense plus. »

Puis peu après, bougonnant, il a repris :

« C'est ta faute aussi, tu t'es vanté de ton argent auprès des mendiants, alors maintenant ils ne te laissent plus en paix. »

Tout quinaud, Hal n'a su quoi répondre. Enfin il a dit, sur un ton d'excuse :

« Alvydas, je suis désolé si je t'ai donné cette impression. Quand j'ai vu cette femme, je ne sais pas comment t'expliquer, elle m'a rappelé ma mère. »

Alvydas gardait un silence glacial.

Ils sont arrivés au Mano Kabina.

Ils se sont installés à la table où Rimas et Hal s'étaient assis l'autre nuit.

Après qu'ils s'étaient assis, la conversation n'a pas repris. Jusqu'à ce qu'Alvydas, comme s'il venait seulement d'y penser, tire de sa poche un billet de théâtre avec un programme qu'il a tendus à Hal.

« Tiens, si tu as le temps ce soir, va voir cette pièce. J'ai écrit le scénario. J'ai aussi fait la mise en scène. Nous jouons depuis un mois et ce soir c'est la dernière. Donc si tu la manques ce soir, tu n'auras plus d'autres occasions.

— Je te remercie, Alvydas, a dit Hal, mais je crains de ne pas pouvoir suivre les dialogues et… »

Alvydas a hoché la tête.

« C'est vrai pour les dialogues, mais tu pourras saisir l'ensemble je suis certain.

— Que raconte l'histoire ?

— C'est l'adaptation d'un poème intitulé *Poète d'un pays colonisé.*

— Comment ? Tu veux dire, le poème d'Urbonas ? »

Alvydas a démenti fermement :

« Non, du tout, C'est une œuvre de Yorslav, un poète ukrainien. »

Hal a regardé Alvydas, dubitatif, avant de déclarer :

« Non, c'est Urbonas, poète du peuple de la République d'Užupis qui a écrit ce poème durant l'Occupation. Il célébrait le décès de Yorslav, poète ukrainien qui avait connu une situation similaire ; Yorslav est mort, victime d'un complot politique. Ce poème a fait pleurer les Ukrainiens durant l'Occupation, il a allumé les feux du mouvement indépendantiste en Ukraine.

— Yorslav n'as jamais été assassiné ! a répondu Alvydas, exaspéré. Il est mort il y a deux ans, bien après l'indépendance de l'Ukraine. Il était sur l'autoroute, la voiture a pris feu, il a été brûlé vif. »

La voix et le visage d'Alvydas étaient d'une dureté nouvelle pour Hal. Intimidé malgré lui, Hal a reculé.

« Tu as peut-être raison, peut-être que ton *Poète d'un pays colonisé* n'est pas celui auquel je pensais. »

Mais irrité, Alvydas ne lâchait rien.

« Mais, nom de Dieu, de quel *Poète d'un pays colonisé* crois-tu parler ? »

De plus en plus découragé par la colère d'Alvydas, Hal a murmuré :

« Je parle du poème d'Urbonas qui dit que tous les poètes des pays colonisés sont gauchers, que leurs filles sont muettes… et… »

Mais Hal n'a pas pu terminer, Alvydas lui a coupé la parole en criant :

« Et la prochaine fois tu me diras que Cervantès a écrit Hamlet ! Tu dis qu'Urbonas a composé ce poème ? Non, c'est Yorslav qui en est l'auteur. Un point c'est tout ! »

Paralysé, Hal ne savait plus comment s'adresser à lui. Lorsque soudain Alvydas s'est emporté avec une fureur encore plus subite, comme s'il ne parvenait plus à se contenir :

« Mais bon sang ! Qu'est-ce que tu as fait à Vilma ? »

Sur le visage de Hal, la stupéfaction était totale.

« Vilma ? Qu'est-ce que tu racontes ? Je n'ai rien fait à Vilma…

— Rien fait ?! Et c'est parce que tu n'as rien fait qu'elle s'est ouvert les veines la nuit dernière, sans doute ? »

La nouvelle a cloué Hal sur son siège. Alvydas poursuivait son attaque :

« Où étais-tu la nuit dernière ? Réponds ! Je suis allé te chercher plusieurs fois à l'Hôtel Užupis, personne ! »

Hal continuait de regarder Alvydas, muet, comme s'il avait perdu la raison. Enfin il a fini par ouvrir la bouche :

« Qu'est-ce que… Qu'est-elle devenue ?

— Elle est en vie, Dieu merci ! Ils l'ont découverte avant qu'il ne soit trop tard. Ils l'ont sauvée. »

Hal a poussé un long soupir de soulagement.

« Où est-elle ?

— À l'hôpital. »

Hal, le visage crispé de douleur, a attendu avant de demander, d'une voix prudente :

« Puis-je aller la voir ?

— Hors de question ! Ce serait une honte pour elle, une insulte !

— Je n'ai aucune intention d'insulter Vilma. Je voudrais juste… »

La voix affligée de Hal a été coupée net par un Alvydas toujours furieux :

« Ah ça, évidemment, ce n'est pas une insulte pour toi ! Tu voudrais juste la consoler, n'est-ce pas ? Tout comme tu aimes à te sentir tellement supérieur en distribuant les billets de cent litas aux mendiants. Est-ce que tu t'es demandé ce que représenterait ta visite de consolation, pour une femme qui a failli mourir à cause de toi ? »

Mortifié, Hal était incapable de répondre. Toutefois, un petit quelque chose dans son attitude semblait dire que toutes ces imprécations étaient injustes. Cependant Alvydas est revenu à la charge :

« Tu penses que je me trompe ? »

Hal a agité la main.

« Non, non, il y a du vrai dans ce que tu dis. Néanmoins…

Une nouvelle fois Alvydas lui a coupé la parole :

« S'il y a du vrai, est-ce à dire que tu entends tenir ta promesse et épouser Vima ? »

Hal a supplié, du ton plaintif de celui que l'injustice frappe :

« Pour l'amour de Dieu, veux-tu bien m'écouter jusqu'au bout ? Je n'ai jamais promis le mariage à Vilma. D'ailleurs l'aurais-je voulu que… »

Nouvelle interruption sèche d'Alvydas :

« Si tu dis vrai, pourquoi être allé au bureau des ressortissants étrangers du ministère des Affaires étrangères et y avoir fait établir une autorisation de mariage ? »

Hal gardait la tête baissée, comme s'il ne savait par où commencer pour se faire entendre. Finalement il a tenté de se justifier :

« Si tu veux bien m'écouter sans m'interrompre, tu verras que tout ceci s'explique parfaitement. Je me suis rendu au ministère hier non pour me marier mais pour faire prolonger mon permis de séjour. Étant entré sans visa sur votre sol, je n'avais droit de rester que quarante-huit heures. C'est ce qui m'avait été expliqué à l'aéroport. Bref, je me rends au ministère et là, à ma grande surprise, je tombe sur Vilma...

— Je sais, j'ai lu ceci, figure-toi. »

Alvydas a sorti de sa poche une lettre et un message qu'il a donnés à Hal. À la stupéfaction de ce dernier, il s'agissait de la lettre et du message qu'il avait adressés à Rimas la veille et confiés à la réception de l'hôtel. Dérouté, Hal est demeuré sans réaction.

« Oui, je sais. Ça ne se fait pas de lire le courrier des autres. Pourtant, grâce à ces lettres, j'ai pu dissiper le malentendu qui pesait sur toi. Je ne cherche pas à t'accuser. Je veux juste savoir où tu étais la nuit dernière. »

Alvydas avait soudain les manières d'un inspecteur cherchant à obtenir les aveux d'un suspect. À l'inverse, Hal était abasourdi par l'indélicatesse d'Alvydas.

« Je me félicite que le malentendu soit dissipé, comme tu dis, mais cela ne te donne absolument pas le droit de m'interroger de la sorte. »

Il n'en fallait pas plus pour que la colère d'Alvydas éclate à nouveau, contre toute raison.

« Tu veux savoir ce qu'a dit la vieille tout à l'heure ? Que tu irais à Užupis cette nuit ! C'est-à-dire que tu passerais de l'autre côté de la rivière. À ton avis, elle parlait de quelle rivière ? Tu ne crois tout de même pas qu'elle pensait à la Vilnia ? »

Silence. Puis dans un murmure :

« Après tout, peut-être parlait-elle de la Vilnia. À l'instar de Napoléon qui, une fois qu'il l'a eu franchie, a entamé son inexorable déclin. »

Alvydas avait à peine dit ces mots qu'il semblait ne plus savoir où se mettre, troublé par ses propres paroles. Hal écoutait, muet, jusqu'à ce que l'autre ajoute, en guise d'excuse :

« Je suis désolé. Je ne sais pas moi-même ce qui me rend aussi nerveux. La tentative de suicide de Vilma m'aura touché plus que je ne pensais. Je te prie de m'excuser. »

Puis Alvydas s'est dressé d'un coup.

« La représentation débute à vingt heures, au théâtre du centre culturel municipal. Tu verras, il y a un plan détaillé dans le programme. Je compte sur toi ? »

Levant les yeux vers lui, Hal a répondu qu'il ferait de son mieux. Alvydas a dit qu'ils se verraient donc le soir et l'a laissé là, quittant le Mano Kabina.

Mais alors qu'il allait franchir le seuil du café, il a heurté un homme qui, lui, y entrait. Un homme dans la quarantaine, portant un élégant costume. Ses habits étaient en tout point impeccables, comme ceux d'un marié à ses noces. La tenue concordait avec les traits aristocratiques et l'allure altière du personnage. Quiconque apercevait l'homme au sourire d'intellectuel carnassier savait qu'il avait affaire à un de ces fonctionnaires talentueux du gouvernement lituanien destiné à une brillante carrière.

Visiblement, Alvydas était ravi de cette rencontre, et l'autre semblait partager son sentiment, tous deux se sont étreints en échangeant d'affectueuses tapes dans le dos. Debout dans l'entrée du Mano Kabina, ils ont commencé à bavarder.

À l'évidence, Alvydas admirait l'homme et l'homme avait confiance en Alvydas. Leur conversation paraissait détendue et sérieuse. Apparemment l'homme invitait Alvydas à rester, mais l'autre a regardé sa montre et a décliné l'offre. Leur conversation allait se poursuivre debout à l'entrée du bar.

Et cette conversation se prolongeait. Ils devaient débattre d'un intérêt en commun, là, face à face, debout près de la porte. À plusieurs reprises, Alvydas a désigné Hal à l'homme pendant qu'il parlait. À plusieurs reprises, l'homme de belle prestance s'est retourné vers Hal en riant de façon ostensible, franchement désobligeante, d'autant que Alvydas riait avec lui. Se moquaient-ils de ce que Hal ait soutenu que *Poète d'un pays colonisé* était une œuvre d'Urbonas ?

Déconcerté par l'attitude peu amène des deux hommes, Hal a détourné son regard qui s'est promené distraitement au-dehors. Derrière la vitre, il n'y avait qu'un haut mur dont le revêtement, écaillé par endroits, laissait voir la brique nue. La neige tombait sans fin devant le mur. Après un moment passé à s'abîmer dans la contemplation de ce panorama morose, Hal s'est tourné vers la porte du Mano Kabina. Les deux hommes continuaient leur conversation en jetant des regards dans sa direction.

La jolie Zoja s'est présentée à la table de Hal et lui a demandé s'il souhaitait quelque chose. Il a commandé une pálinka, Zoja a fait un nouveau sourire avant de repartir.

En attendant sa boisson, Hal a ouvert le programme que lui avait laissé Alvydas. Le texte était en lituanien, dans une mise en page très dense, le tout étant parfaitement incompréhensible pour Hal. Il a tourné les pages à la recherche d'images.

Au bout d'une dizaine de pages, il est tombé sur une première photographie. On y voyait Alvydas, tout de noir vêtu, qui fixait droit l'objectif, l'air pompeux au possible. Après avoir longuement examiné la photographie, Hal a levé la tête comme s'il voulait comparer l'Alvydas en photo et le vrai Alvydas, lequel était toujours en grande conversation avec l'homme en costume qui l'écoutait en riant.

Hal a tourné la page, cherchant de nouveaux clichés. Le suivant montrait un homme élégant, la cinquantaine. Toute sa personne rayonnait de bonnes manières et de bienveillance. Hal a supposé qu'il devait être soit le directeur du centre culturel, soit celui de la compagnie théâtrale.

Page suivante on voyait un homme, la petite quarantaine, visage pâle et cheveux touffus. Les lèvres serrées, ses yeux ardents fixaient l'objectif droit devant lui, donnant à son regard l'expression d'une bête sauvage. Ce devait être le premier rôle de la pièce. Hal a regardé longuement cet homme au regard brûlant.

La page suivante portait la photographie d'une comédienne, encore jeune. Elle regardait distraitement devant elle, l'air las, le menton au creux de la paume. C'était Sophie, sans aucun doute, la ballerine française rencontrée chez monsieur Eigis.

Tandis qu'il était arrêté sur cette image, la jolie Zoja lui a apporté sa pálinka. Elle a posé le verre devant Hal avec un sourire.

« Zoja, sauriez-vous si mon ami biélorusse Rimas est venu ici depuis ma dernière visite ? »

Zoja a souri de nouveau en faisant non de la tête. La déception se lisait sur le visage de Hal.

« Pourriez-vous lui transmettre un message si jamais il repassait par ici ? Il suffirait de lui dire que *Hal aimerait qu'il lui laisse un message à l'Hôtel Užupis*, est-ce possible ? »

Zoja a écouté, clignant ses jolis yeux, et a marqué son assentiment avec un sourire, avant de retourner à son bar.

Sur le chemin du retour, elle a dû passer devant les deux hommes en discussion près de l'entrée et le costume de jeune marié l'a interpellée. Il lui a posé une question. La jolie Zoja a répondu par un haussement d'épaules et le futur haut fonctionnaire a posé une nouvelle question après un coup d'œil à Hal. Regardant à son tour du côté de son client, Zoja a eu l'air gênée au moment de répondre. Il était fort possible que l'homme soit en train de demander à Zoja la teneur de sa conversation avec Hal. Infiniment troublé par leur manège, Hal s'est replongé dans la brochure.

Sur la page suivante il y avait la photographie d'une scène. Un homme, la petite quarantaine, une énorme valise à la main, se tenait seul sur le bas-côté d'une route qui traversait une étendue déserte. L'homme attendait peut-être un bus.

La chose curieuse, c'est que la photographie semblait être celle d'un tournage de cinéma bien plus que celle d'un décor de théâtre. Hal a relevé la tête, s'apprêtant à poser la question à Alvydas, mais celui-ci avait disparu. Son interlocuteur également. Les yeux de Hal ont fait le tour du café, les deux hommes n'étaient nulle part. Alors il a pris son verre et l'a bu d'un trait.

Maintenant qu'ils étaient partis, Hal pouvait se détendre.

Page suivante il y avait la photographie en noir et blanc d'un homme d'environ trente ans, à la moustache élégante. Sans doute s'agissait-il de l'auteur de *Poète d'un pays colonisé*, le poème dont la pièce était l'adaptation. À en juger par le contour délicat de ses lèvres, pas étonnant qu'il ait été considéré comme un coureur de jupons. L'image était sans doute la reproduction d'une photographie ancienne, elle portait des stries et était de qualité plutôt médiocre.

Hal l'a examinée très longuement. Il a plié le programme, l'a glissé dans sa poche puis s'est levé.

Avant de quitter le Mano Kabina il a renouvelé sa prière à Zoja. Qu'elle veuille bien, si d'aventure Rimas passait par là, lui dire que son ami Hal attendait de ses nouvelles à l'Hôtel Užupis.

Zoja a fait signe que oui, assurément, avec un joli sourire et un hochement de tête.

Marija, petite vendeuse de fleurs

Sortant du Mano Kabina, Hal s'est rendu sans attendre à l'Hôtel Užupis

« Monsieur, un certain monsieur Alvydas a demandé plusieurs fois après vous, la nuit dernière. »

Le réceptionniste avait interpellé Hal dès son arrivée. Hal lui a dit qu'il était au courant. Il a demandé si une autre personne était venue pour lui et le jeune homme a dit que non.

Hal l'a prié de lui donner une enveloppe, y a glissé la lettre et le message pour Rimas qu'Alvydas lui avait rendus, a écrit *Rimas* dessus et l'a confiée au réceptionniste.

« S'il vous plaît, vous remettrez cette enveloppe à Rimas. À Rimas et à personne d'autre. »

Il a acquiescé, a pris le pli et l'a glissé dans un tiroir. Alors Hal a quitté l'hôtel.

Juste comme il sortait, une jeune fille assise sur une marche devant l'entrée s'est dressée d'un bond et s'est plantée devant lui. Son visage resplendissait de joie. Apparemment, elle l'avait attendu. Fouillant sa mémoire, Hal s'est souvenu de la petite vendeuse de fleurs rencontrée deux nuits plus tôt, à cet endroit même, alors qu'il revenait à l'hôtel.

« Que fais-tu là ? Tu risques de ne pas trouver de client pour tes fleurs, si tôt le matin… Dis-moi, tu n'as tout de même pas dormi ici, dans le froid ? » s'est inquiété Hal en se penchant vers elle.

Sans répondre, elle a pêché dans sa poche une poignée de pièces et de billets qu'elle a tendus à Hal.

« Qu'est-ce que c'est ? » a-t-il demandé, faisant des yeux ronds.

Elle s'est lancée dans une grande explication à laquelle Hal n'a rien entendu. Voyant l'incompréhension totale sur son visage, la jeune fille, frustrée, a repris, une fois, deux fois, elle semblait essayer dans toutes les langues qu'elle possédait, lituanien, russe, polonais, mais hélas, pas en anglais et Hal est resté aussi visiblement perplexe qu'à sa première sortie. Alors, franchement fâchée, la petite a sorti soudain :

« C'est votre monnaie, je vous dis ! »

De l'užupisien ! La jeune fille lui avait parlé en langue d'Užupis ! De surprise, Hal en a posé sa valise à terre et s'est accroupi devant la vendeuse.

« Tu connais l'užupisien ? »

Évidemment, il avait posé sa question en anglais. La fille a pourtant opiné et a repris :

« Ma grand-mère a dit que c'était beaucoup trop pour une fleur, deux cents litas. Elle a dit que je devais vous rendre la monnaie. »

Surpris et admiratif, Hal a demandé, au comble de l'excitation, où elle avait appris cette langue. Mais la fille n'a pas compris la question posée en anglais. Plutôt que de lui répondre, elle a pris sa main et y a déposé l'argent.

« Tenez, c'est à vous. »

Elle a paru si soulagée d'avoir accompli son devoir que Hal a eu peur qu'elle disparaisse aussitôt. Saisissant son poignet, il a de nouveau voulu la convaincre.

« Je te l'ai dit l'autre soir, c'est un cadeau. Tu peux le garder, je ne vais pas le reprendre. »

Ce disant, il a remis l'argent dans les mains de la petite vendeuse. Qui s'en est trouvée tout embêtée.

« Ma grand-mère a dit de vous le rendre. »

Quoique ne comprenant pas l'anglais, elle parvenait à tenir une conversation avec Hal. Cette fille était intelligente, à n'en pas douter. Hal a pratiquement supplié pour qu'elle conserve les sous.

« Je n'aurai plus besoin de cet argent quand je serai en République d'Užupis. Garde-le, je t'en prie. »

Interloquée, la petite a interrogé Hal :

« Avez-vous dit… République d'Užupis ?

— Oui, en République d'Užupis, c'est bien cela, a dit Hal avant de poursuivre, comme dans une plainte : Malheureusement, je ne sais pas comment y arriver.

— Ma grand-mère, elle, elle connaît la République d'Užupis. »

Stupéfait, Hal a attrapé les épaules de la jeune vendeuse.

« Qu'est-ce que tu as dit, petite ?

— Ma grand-mère, elle, elle connaît la République d'Užupis

— Comment est-ce possible ?

— Elle a vécu là-bas, il y a longtemps.

— Où vit ta grand-mère maintenant, est-ce que je pourrais la voir ? »

Cette fois, la fille a semblé ne pas comprendre car elle a répété ses propos précédents.

« Elle a vécu là-bas, autrefois. »

Hal a parlé plus lentement.

« Où habite ta grand-mère maintenant ? »

Cette fois, elle avait sans doute compris.

« Adutiškis.

— Adutiškis ?

— Adutiškis, oui.

— Et tu pourrais m'emmener à Adutiškis ? » a demandé Hal, gesticulant pour tenter de se faire comprendre.

Elle le regardait, yeux écarquillés. Croyant qu'elle n'avait pas saisi encore, il a renouvelé sa demande. Elle a finalement répondu :

« Je ne peux pas, monsieur. Je dois vendre mes fleurs. Et puis c'est très loin.

— Tes fleurs, je les achèterai toutes. Mais, s'il te plaît, accompagne-moi jusqu'à Adutiškis. »

À nouveau, elle a semblé n'avoir pas compris Hal. Elle a répété ses derniers propos :

« Je ne peux pas. Adutiškis est très loin. Je dois vendre les fleurs. »

Lentement, Hal a réexpliqué :

« Toutes tes fleurs, je te les achèterai. »

La fille s'entêtait :

« Je ne peux pas vendre plus d'une fleur à un client. »

Hal était au bord du désespoir.

« Je peux vous donner l'adresse de ma grand-mère, si vous voulez ? »

Le visage de Hal s'est soudain éclairci, il s'est écrié :

« Mais oui ! Bien sûr, on peut faire ça ! »

Il a tiré un stylo et un carnet de sa poche pour les lui donner. De sa main droite elle a pris le carnet, de sa main gauche elle s'est mise à écrire avec application. Elle était gauchère, avec une écriture nette et ordonnée. Quand elle a eu fini d'écrire, elle a examiné le stylo avant de le rendre avec le carnet.

« Chez ma grand-mère, il y a un stylo plume comme le vôtre. »

Sans prêter attention à la remarque de la vendeuse de fleurs, Hal a lu ce qu'elle avait noté.

« Le prénom de ta grand-mère est Jurgita ? »

La fille a acquiescé.

« Et quel est ton nom ?

— Marija.

— Marija. C'est ton nom ? »

Elle a dit que oui. Au même moment, un homme, visiblement un employé de l'Hôtel Užupis, sortait. Hal l'a interpellé :

« S'il vous plaît ! Excusez-moi, vous savez où se trouve Adutiškis ? »

L'homme a réfléchi un moment avant de répondre :

« C'est proche de la frontière il me semble. Si vous avez cinq minutes, je vais aller chercher une carte. »

L'homme est retourné dans l'hôtel. En l'attendant, Hal ne lâchait pas le poignet de Marija, il semblait craindre qu'elle s'envole comme un petit oiseau.

Peu après, l'homme est ressorti avec une carte et a montré à Hal où se situait Adutiškis. C'était effectivement près de la frontière biélorusse.

« C'est à une centaine de kilomètres d'ici », a dit l'homme.

Hal a remercié l'homme.

« De rien, monsieur. »

L'homme lui a laissé la carte et est retourné dans l'hôtel. Hal s'est penché sur la carte pour s'assurer de l'emplacement d'Adutiškis, puis a levé les yeux vers Marija. Sauf que dans l'intervalle, elle avait disparu. Sur la valise de Hal, une poignée de pièces était posée sur des billets.

« Marija ?! »

Hal a crié, appelant dans toutes les directions, sans succès.

À cet instant, un taxi s'est arrêté devant lui. La fenêtre côté conducteur s'est baissée et la tête d'un homme est apparue. Il avait la quarantaine et des cheveux blancs.

« Taxi, monsieur ? »

Ce visage avait quelque chose d'étrangement familier.

« Vous arrivez au bon moment ! » s'est exclamé Hal.

Le chauffeur est descendu de son taxi, a pris la valise de Hal qu'il a déposée dans le coffre.

« Bonjour. Où est-ce que je vous emmène ?

— À Adutiškis.

— Adutiškis ? a répété le chauffeur comme s'il entendait ce nom pour la première fois.

— Oui, Adutiškis », a répondu Hal, montrant l'adresse que Marija venait de lui noter.

Le chauffeur a pris le carnet, a sorti de sa poche des lunettes de lecture et les a chaussées. D'un coup Hal a réalisé : cet homme aux cheveux blancs n'était autre que Jonas, le chauffeur qui l'avait chargé le jour de son arrivée en Lituanie, celui qui l'avait conduit de l'aéroport à l'Hôtel Užupis. Hal a feint de ne pas l'avoir remis.

« *OK, let's go !* »

Le chauffeur avait terminé son long examen de l'adresse, il a lancé cette phrase en anglais avant de monter dans le taxi. Hal est rentré dans la voiture à son tour. Le temps de leurs salutations, la voiture avait calé. Après quelques échecs, il a ouvert sa porte, a sorti sa jambe, a pris appui sur le verglas et s'est mis à pousser énergiquement. Au bout de quelques mètres, le moteur a miraculeusement démarré. Le chauffeur s'est empressé de rentrer son pied, a claqué la porte et s'est mis à rouler. Hal a suivi chaque geste de Jonas, un sourire lui montant aux lèvres.

Comme la voiture faisait demi-tour devant l'hôtel, Hal a regardé les alentours, sans doute espérait-il apercevoir Marija. Il n'y est pas parvenu. À travers la fenêtre du taxi, Hal a contemplé ce paysage dont Marija avait déjà disparu, la neige tombait.

Le taxi a franchi un petit pont, est passé devant l'église orthodoxe où Hal avait rencontré Jurgita la veille, a traversé un pont plus large avant de pénétrer dans la zone de faubourgs. Au loin se déployaient les cités monotones datant de l'époque soviétique. Avec les chutes de neige incessantes, tous ces paysages étaient flous, indistincts.

Plus tard, hors de la ville maintenant, ils ont commencé à suivre une route qui traversait la forêt blanche. Les arbres, surchargés de neige, tendaient leurs branches au-dessus de la chaussée en formant un tunnel de glace.

Par endroits, des arbres plus fragiles s'étaient effondrés sous le poids de la neige. Dans cette forêt, on pouvait douter qu'il y ait même des oiseaux. L'immobilité de la nature était absolue.

Après ce passage, ils sont arrivés sur une vaste étendue de champs. La couverture infinie de neige rendait le paysage illisible. Hal a imaginé qu'il s'agissait de champs, à l'image des parcelles qu'ils passaient en revue derrière la fenêtre du taxi.

De temps à autre, ils rencontraient un village. La brume qui envahissait l'air donnait l'impression que les maisons flottaient. Aucun signe n'indiquait avec certitude que ces villages étaient habités.

Parfois des collines basses, aux formes arrondies, apparaissaient derrière la fenêtre. Le ciel gris, au-dessus de ces rares reliefs, était chargé de neige qui tombait infiniment en lourds flocons.

Le taxi roulait. Forêts, champs, villages, collines se succédaient. Perdu dans ses pensées, le regard vide, Hal a gardé le silence durant tout le trajet. Le chauffeur aux cheveux blancs, concentré sur sa route, conduisait sans un mot lui non plus. Les seuls bruits qui les accompagnaient étaient le sifflement du moteur, les chaînes sur les roues qui râpaient la neige, les divers cliquetis indéfinissables de la vieille voiture, le vent qui faisait vibrer les vitres branlantes.

Après deux heures d'une blanche monotonie, le chauffeur a tout d'un coup arrêté son véhicule au beau milieu des champs. Tout à côté de là où s'était garé Jonas se dressait un arrêt de bus. En revanche, ni habitant ni village n'étaient visibles nulle part.

« Dites, vous pourriez me remontrer l'adresse, s'il vous plaît ?

— Pardon ?

— Votre adresse, je pourrais la revoir s'il vous plaît ? »

Hal a sorti son carnet, l'a ouvert à la page qui portait l'écriture appliquée de Marija et l'a présenté au chauffeur. Jonas a repris ses lunettes, le carnet, l'a longuement examiné. Après un moment il a ôté ses lunettes, les a remises dans sa poche et a déclaré :

« Nous sommes arrivés. »

Les yeux de Hal ont cherché derrière la fenêtre, à gauche, à droite. Ils ne trouvaient à se poser que la neige, inlassablement, la neige et rien d'autre.

« Que voulez-vous dire ? Il n'y a rien ici.

— C'est vrai. Il n'y a rien. Mais nous sommes arrivés. »

Ayant dit, le chauffeur est descendu de sa voiture, a ouvert le coffre et a sorti la valise de Hal. Celui-ci est descendu prestement.

« Jonas ! Vous voulez encore jouer avec moi ! »

Jonas, qui sortait la valise, a tourné la tête vers Hal. D'un coup, il a semblé reconnaître son passager et plonger dans un profond désarroi. Mais Hal ne voulait pas le lâcher.

« L'autre jour vous vous êtes moqué de moi, c'est entendu. Vous avez tournicoté dans toutes les petites rues pendant une heure entre l'aéroport et l'Hôtel Užupis. Et vous comptez me rejouer la même scène aujourd'hui ? »

D'un air de parfaite innocence, Jonas a voulu se justifier.

« Je suis désolé pour l'autre jour. Ce n'était pas intentionnel, faites-moi crédit de cela. Vous savez, je suis professeur d'université. Chauffeur de taxi, c'est une activité annexe pour moi. Alors voilà, je ne connais pas très bien tous les endroits, toutes les rues. Mais là, pardon, ce n'est pas pareil. Là nous sommes bien arrivés à la destination indiquée. »

Il a posé la valise sur le sol glacé du bord de la route.

« Jonas ! a bondi Hal, exaspéré. Vous ne me ferez pas croire que vous êtes professeur ! Comment pouvez-vous dire que nous sommes à Adutiškis ? Nous sommes en plein champ ! »

À son tour, le chauffeur a émis les plus vives protestations :

« Regardez, Adutiškis est à huit kilomètres d'ici, au bout de cette route. Sauf que, avec cette voiture, impossible d'aller plus loin. Les congères nous bloquent, que voulez-vous que j'y fasse ? »

Il montrait une voie de moindre importance qui quittait l'axe principal. Suivant le doigt, Hal a deviné une route sous la neige inviolée qui s'étendait au loin. À la jonction des deux routes, un petit panneau indicateur portait l'inscription : Adutiškis 8 km. Il fallait se rendre à l'évidence, la voie était impraticable pour la vieille voiture de Jonas. Sur la neige, seules quelques empreintes de pattes d'oiseaux s'alignaient de loin en loin. Hal s'est tu. Il fallait se décider.

« Vous me garantissez que c'est bien le chemin pour Adutiškis ?

— C'est ce qui est écrit là, a répondu Jonas d'un ton bourru en indiquant le panneau.

— Il n'y aurait pas un autre accès ?

— C'est la seule route.

— Vous me dites que si je la suis je tomberai sur le village ?

— Normalement, oui.

— Alors que dois-je faire ? »

Jonas a écarté les bras : « Soit vous y allez à pied, soit nous retournons ensemble à Vilnius. »

Une vague de colère montait en Hal, l'indifférence affichée par le chauffeur de taxi lui portait sur les nerfs. Il s'est contenu de son mieux.

« À pied, dans cette neige ? »

L'autre a eu le même geste des bras, semblant dire que ce n'était pas son affaire.

« Le tarif jusqu'ici, c'est trois cent trente litas. Si vous souhaitez revenir de suite à Vilnius, je vous ferai la course à six cent. »

Hal a dû estimer que se mettre en colère ne servirait à rien. De son portefeuille il a tiré quatre billets de cent litas qu'il a donnés à Jonas en grinçant, sarcastique : « Jonas, vous êtes si serviable. »

Sans répliquer, Jonas a compté la monnaie qu'il a rendue à Hal.

« C'est bon, gardez tout. Le pourboire récompensera votre inestimable service. »

Le chauffeur de taxi débordait de gratitude, il en balbutiait.

« Merci, monsieur ! Merci beaucoup ! Vous êtes un ami, un véritable ami. Si vous voulez retourner à Vilnius une fois vos affaires faites à Adutiškis, je peux vous attendre ici. Dans ce cas, bien sûr, il faudra que je vous compte un supplément pour l'attente.

— *No, thank you !* »

Jonas l'a salué en une cascade de révérences, répétant à l'envi :

« Vous êtes un gentleman, un véritable gentleman. Soyez remercié. »

Sur ces dires, le chauffeur est rentré dans son véhicule et a démarré comme s'il avait la justice à ses trousses. Derrière lui, il laissait un grand silence blanc. Hal, immobile, valise à la main, est resté debout devant l'étendue plane d'un immense champ de neige.

Les minutes ont passé.

Hal s'est mis en marche, en direction d'Adutiškis.

Sa progression était difficile, ses pieds s'enfonçaient profondément dans l'épaisse couche de neige. Par endroits, il en avait jusqu'aux genoux, par endroits, jusqu'aux cuisses. Il ne pouvait avancer qu'en plongeant un pas après l'autre, ce qui fait que non seulement il avançait très lentement mais en plus en déployant des efforts épuisants. Pas question pour autant de faire la moindre pause, c'était impossible, il n'y avait que de la neige partout et, çà et là, les empreintes de petites pattes d'oiseaux.

Après une heure à ce régime, Hal a commencé à distinguer quelque chose devant lui. Redoublant d'efforts, il s'est démené vers cet endroit. Arrivé devant, c'était un arrêt de bus. Le vent avait poussé la neige jusqu'à l'intérieur de l'abri mais les murs et le toit formaient encore une relative protection. Il y avait également un banc. Hal a balayé la neige pour s'asseoir.

Il en était là quand il a aperçu s'approchant de lui, suivant le même trajet, un homme avec une volumineuse horloge sur les épaules. Surpris et ravi, Hal s'est levé brusquement en apostrophant l'homme :

« Bonjour ! Où allez-vous comme cela ? »

Mais apparemment l'homme n'avait pas remarqué Hal, il poursuivait sa marche en silence vers l'arrêt de bus. Hal s'est dépêché de sortir sur la route et s'est planté devant lui.

« Où allez-vous ? Est-ce que vous vous rendez à Adutiškis ? »

Stoppé par Hal, l'homme a brusquement fait un angle droit, partant à gauche, vers la colline posée devant l'horizon.

Hal s'est exclamé dans son dos : « Pourquoi ne répondez-vous pas ? Êtes-vous sourd et muet ? »

L'homme à l'horloge, ignorant Hal, a continué de marcher. Il est entré dans un nouveau champ enneigé et a poursuivi sa progression vers la colline. Là, la couche de neige était encore plus épaisse et l'homme s'y enfonçait jusqu'à la taille. Mais il ne faiblissait pas et avançait à son rythme, sous cette horloge pesante. Un faux pas aurait suffi pour qu'il tombe et se retrouve enseveli sous les neiges. Hal, inquiet, a crié :

« Revenez ! Je ne vous demanderai rien ! »

Mais seul l'écho de sa voix a répondu. L'homme allait son chemin, sans un regard en arrière, comme s'il avait toujours eu pour but cette colline au loin. L'ayant atteinte, il a commencé à la gravir.

La cause était entendue, Hal a abandonné l'affaire et a regagné son banc sous l'abri. De là il a encore regardé l'étrange spectacle d'un homme qui escaladait une colline, une lourde horloge dans son dos.

Parvenu au sommet, l'homme a déposé son fardeau. Comme s'il s'apprêtait à remonter le mécanisme, il a ouvert le boîtier. Aussitôt, un essaim d'oiseaux s'est échappé de l'horloge. Ils s'envolaient dans un joyeux tintamarre de gazouillis, formant un nuage dans le ciel. Du regard, l'homme a suivi leur vol comme s'ils planaient au-dessus du vide. À ce spectacle, Hal est parti d'un fou rire ravi et les échos de son rire revenaient à lui d'autant plus joyeux et vibrant que la terre était lisse de neige.

Après un moment de rires partis et revenus, Hal a saisi de nouveau son bagage et a repris sa marche.

Des hirondelles dans les tiroirs

Hal avait perdu toute notion du temps quand il est arrivé devant une petite chapelle bâtie sous un grand chêne. À l'intérieur se trouvaient une statue de bois et une bougie allumée. Quelqu'un avait dû passer très récemment. À partir de la chapelle la neige avait été déblayée, traçant un étroit chemin dans le champ enneigé. Allons, le village ne devait plus être loin.

Tandis qu'il reprenait son souffle dans le petit édifice, Hal a aperçu un garçon dans le chemin, un garçon qui paraissait perdu dans ses pensées. Il tenait un lapin contre sa joue, comme pour un tendre câlin. Derrière lui, Hal devinait les contours encore incertains d'un village.

Pris d'un regain d'enthousiasme, Hal s'est dépêché vers l'enfant en l'interrogeant :

« Petit, suis-je bien à Adutiškis ? »

Yeux arrondis et bouche grande ouverte, le garçon était stupéfait. C'était là une réaction bien compréhensible au vu de cette apparition : un étranger sortant de nulle part avec une grosse valise, la tête et les épaules surmontées de neige.

« N'aie pas peur, petit, tout va bien ! » a crié Hal, reculant de deux pas pour ne pas l'effrayer. L'enfant est resté figé.

« Je suis venu rendre visite à Jurgita, la grand-mère de Marija, tu sais, Jurgita ! »

Nulle réaction, sinon que le garçon demeurait yeux écarquillés devant Hal.

« Marija, Jurgita, la grand-mère de Marija, oui ? »

Mais son jeune interlocuteur ne paraissait pas comprendre un traître mot de ce que racontait Hal, lequel pour sa part désespérait de ne pas pouvoir entamer un dialogue efficace avec lui.

« Pour l'amour de Dieu, dis-moi quelque chose, petit. Où est la maison de la grand-mère de Marija ? Je dois me rendre en Užupis, connais-tu la République d'Užupis ? »

À ces mots, l'enfant a poussé un cri, a jeté le lapin dans le champ enneigé et a couru vers le fantôme de village. Abandonné de la sorte, le lapin a observé Hal avec crainte et a préféré s'enfuir sans tarder, sautant dans la haute neige.

« Ah, ces paysans ! Rien à attendre de ces gens-là ! »

C'est ce qu'a marmonné Hal, un moment abattu. Pourtant il s'est ressaisi, il a mis ses pas dans les pas de l'enfant et est reparti. Deux heures durant il avait marché dans la neige et le froid, il était physiquement épuisé et son esprit était embrouillé. Tout là-bas, le village, sorte de mirage, flottait dans les airs.

Quand Hal est arrivé à l'entrée d'Adutiškis, une quinzaine de personnes l'attendaient déjà. Elles devaient avoir été averties par le garçon qu'un étranger bizarre avait fait irruption près de la chapelle. Parmi eux, il y avait de vieux paysans, d'autres d'âge moyen, des mères au foyer et une demi-douzaine de marmots. Tous observaient avec curiosité l'énergumène qui avançait vers eux au milieu d'un chemin tracé dans la neige. Quelques chiens sur les pas de leurs maîtres aboyaient, farouches, vers l'apparition.

À l'orée du village, Hal était près de s'effondrer d'épuisement, de froid, de faim.

« *Hello*, suis-je bien à Adutiškis ? »

Les villageois d'un même élan sont tous partis à rire ! Et face à cette foule qui lui riait au nez sans répondre à sa question inquiète, Hal a pâli, avait-il affaire à des spectres maudits ?

L'un des garçons a lancé un fier : « *Hello !* » Son imitation a déclenché une nouvelle salve de rires. Ce petit mot anglais prononcé par Hal les avait donc plongés dans cette rigolade générale. Hal a voulu leur sourire, ce qui n'avait rien de simple avec les lèvres figées par le froid.

« Est-ce bien Adutiškis ? »

Nouvelle vague de rires.

« Je suis venu rendre visite à Jurgita, la grand-mère de Marija. Quelqu'un peut me dire où se trouve la maison de Jurgita ? »

Cette fois, les villageois se sont mis à commenter à voix haute tous ensemble. Et le garçon qui avait imité le *Hello* de Hal répétait : *« Jurgita ! Jurgita ! »* pour attirer les rires et Hal l'a encouragé en répétant à son tour : « Jurgita ! Jurgita ! », jusqu'à ce qu'un autre enfant pointe un doigt vers le village en s'adressant à Hal. À force d'entendre le nom de Jurgita, il semblait que ce garçon ait réalisé la demande de Hal et qu'il indiquait où la trouver, par là. Hal a tendu le doigt dans la même direction.

« Tu veux dire que Jurgita habite là ? »

Un troisième gamin a alors crié « *OK !* », déclenchant une nouvelle bordée de rires chez les adultes. Hal a dit : « *Thank you* » et le garçon a imité d'un « *Thank you !* », pour provoquer une nouvelle salve de gaieté dans l'assemblée.

Décidément, les villageois s'avéraient d'humeur joyeuse, surtout les jeunes garçons. Ces derniers, après avoir fait signe à Hal, se sont dirigés vers le village. Hal s'est empressé de les suivre. Les adultes fermaient la marche, comme s'ils se rendaient au spectacle.

Le village s'étirait le long d'une rue principale. Les maisons se ressemblaient les unes les autres, construites en bois, dépourvues d'étage et sous un toit bas. Quelques-unes étaient peintes en ocre, la plupart étaient gris sombre. Elles étaient bordées de haies basses qui les isolaient de la route. Derrière les haies, des espaces enneigés devaient être, à la belle saison, des jardins fleuris ou des potagers.

Au fur et à mesure que l'étranger à la volumineuse valise progressait à la traîne des garçons à travers le village, le nombre de leurs suiveurs augmentait. Parmi eux, un paysan tenant dans ses bras une grosse oie et un vieil homme sous un parapluie noir, au pas chancelant. Également un jeune chétif qui clopinait sur une béquille. Avec un tel défilé, la rue ne cessait de s'animer, le vacarme amenait de nouveaux curieux et faisait s'ouvrir des fenêtres, pointer des regards derrière les carreaux et les rideaux lourds.

Enfin la troupe des galopins qui ouvrait la marche s'est arrêtée devant une maison et tous se sont mis à parler en même temps à Hal. Il se tenait probablement devant la maison de Jurgita.

« Nous y sommes, c'est ici ? »

Un « *OK!* » a fusé qu'a salué l'hilarité générale. D'un coup, toutes les bouches se sont mises à appeler Jurgita, tournées vers la maison. Elles ne criaient pas que ce nom. Hal a deviné qu'on disait à Jurgita d'ouvrir, qu'elle avait de la visite. Un des garçons a crié des « *Hello ! Hello ! Jurgita !Hello !* » et les rires ont repris.

En dépit du charivari jovial, la porte restait close. Alors l'assemblée a scandé le nom de Jurgita tandis que des garçons faisaient le tour de la maison pour frapper aux fenêtres. Alors seulement la porte s'est ouverte et une vieille femme est apparue. Elle avait les cheveux blonds et un sourire radieux. Hal n'a pu retenir un sursaut. La femme était l'exact portrait de celle avec laquelle il avait passé la nuit dernière à Vilnius. À cela près qu'elle avait cinquante années de plus.

Quand ils l'ont vue, les paysans ont cessé aussitôt leur chahut. Ils semblaient retenir leur respiration en attendant la suite.

« Bonjour, madame. Êtes-vous Jurgita, la grand-mère de Marija ? »

Hal s'est avancé vers la vieille. Elle avait toujours le même sourire radieux mais n'a pas répondu. Sans doute ne parlait-elle pas anglais. L'allégresse villageoise a repris de plus belle. Toute la question pour eux désormais était : la vieille Jurgita va-t-elle réussir à communiquer avec l'étranger ?

Hal a repris la parole, articulant chaque syllabe :

« Je voudrais vous poser des questions au sujet de la République d'Užupis. »

La surprise se lisait sur le visage de la vieille femme.

« Užupis ?

— Oui, la République d'Užupis. »

De façon totalement inattendue, la vieille s'est alors adressée à Hal en užupisien :

« Vous devez comprendre l'užupisien, n'est-ce pas ? »

Hal a opiné, infiniment ému de l'entendre. Rayonnante, la vieille femme a souri de nouveau.

« Entrez déjà, il fait froid dehors.

— Je vous remercie, madame. »

Hal, après avoir frotté ses pieds sur le paillasson pour se débarrasser de la neige collée à ses chaussures, est entré dans la maison. Les villageois se sont regardés les uns les autres, dubitatifs. Ils ne s'étaient certainement pas attendus à ce que la vieille et l'étranger parviennent à nouer un dialogue.

Alors qu'il entrait, Hal a senti quelque chose passer au-dessus de sa tête, comme le frôlement d'un oiseau, mais l'intérieur du logis était trop sombre pour qu'il puisse distinguer quoi que ce soit. Peut-être d'ailleurs n'était-ce pas la maison mais la marche dans la neige qui avait fatigué les yeux de Hal.

« Comment avez-vous fait pour arriver jusqu'ici, avec toute cette neige. Avez-vous marché depuis la grande route ?

Hal a fait oui de la tête avant d'ôter sa chapka, son écharpe, son manteau. Il faisait une bonne chaleur dans la maison, le décalage était saisissant avec l'extérieur.

« Mon Dieu ! Tout ce chemin à pied ! Venez vite vous asseoir. »

Hal a pris place devant une grande table. Pendant qu'il s'installait, Jurgita a pris ses affaires et a disparu dans l'obscurité. Hal a toussé. Il a scruté l'intérieur de la maison, mais il ne parvenait à distinguer ni l'aménagement ni le mobilier. La seule chose qu'il situait était une grande cheminée en terre, ocre, au fond de la pièce. Un bon feu y brûlait qui rendait l'atmosphère douce. Hal avait presque chaud. Il a commencé à ressentir des démangeaisons et à se gratter les mains, les pieds, les oreilles, le nez. Après cette longue exposition au froid, pénétrer dans cet environnement chaud avait déclenché ces picotements qui dégénéraient en véritable prurit. Hal toussait et se grattait comme un malheureux.

« Pour l'amour de Dieu, si on ne vous soigne pas sans tarder vous allez avoir des engelures ! »

De retour, la vieille a poussé une exclamation en voyant Hal dans cet état. Elle a rouvert sa porte et a appelé : « Kornelius ! Kornelius ! » Un garçon s'est détaché de la foule qui stationnait toujours dehors. Il a recueilli les instructions de Jurgita. Tout de suite après il est parti en courant et la vieille femme est rentrée au chaud. Lorsqu'elle a refermé la porte derrière elle, Hal a cru avoir de nouveau entendu un froissement d'ailes.

« Il vous faut un traitement au plus vite ou bien vous risquez des engelures sérieuses. »

Ayant dit cela, Jurgita a apporté une bassine d'eau froide. Elle y a ajouté de l'eau chaude jusqu'à atteindre la température idoine. Ensuite de quoi elle a saupoudré quelque chose qui ressemblait à du sel. De la main, elle s'assurait de la température du mélange. Sur ces entrefaites est revenu Kornelius le dégingandé, courant toujours. À la main il tenait une bouteille contenant un liquide rouge, comme du vin.

« Merci, Kornelius, a dit la vieille en prenant la bouteille.

— Je vous en prie. Est-ce que vous avez besoin d'autre chose, Jurgita ? »

Nouvel émoi de Hal, le garçon aussi parlait en langue d'Užupis.

« Non, je pense que ça ira. Tu peux y aller maintenant. Et ferme bien derrière toi en partant. »

Le garçon, l'air presque déçu, a ouvert et est sorti. Quand la porte s'est refermée, Hal a eu la même sensation de battements d'ailes autour de lui.

« Ce garçon parle aussi užupisien ! » s'est exclamé Hal, émerveillé. Mais la vieille Jurgita était absorbée par sa tâche, faisant couler lentement le liquide vermillon dans la bassine. En peu de temps, un fort parfum de fleur a embaumé toute la maison. Il devait s'agir d'une sorte d'essence de rose.

« La mère de ce garçon s'appelle Laura, c'est une Biélorusse, elle vient de l'autre côté de la frontière. Elle s'est trouvée enceinte sans avoir de mari, alors elle a eu peur de son père et de son frère et a fui sa maison. Elle est venue se réfugier ici et a donné naissance à ce garçon. Elle affirme que son père est Urbonas et elle m'a envoyé le petit pour que je lui apprenne la langue. Comment peut-elle dire ça… Vous vous rendez compte, Urbonas, il vivait à quelle époque ?! »

Jurgita a interrompu son récit pour s'assurer de la température de l'eau.

« Voilà, c'est prêt. Plongez vos mains et vos pieds là-dedans. C'est de la médecine traditionnelle d'Užupis. Si vous trempez mains et pieds dans cette eau durant cinq minutes, vous n'aurez plus à vous soucier d'engelures. »

Sans cesser ses expectorations, Hal a retiré ses chaussures, ses chaussettes, et a trempé ses pieds dans la bassine. L'eau était tiède. Ses mains ont plongé à leur tour. Le fourmillement insupportable s'est estompé progressivement avant de disparaître tout à fait. Se penchant sur la bassine, Hal s'est aspergé d'eau les oreilles et le nez qui avaient aussi souffert. Pendant ce temps, Jurgita a recouvert la grande table d'une nappe. Elle a posé une assiette creuse et une cuiller à soupe puis a disparu une nouvelle fois dans l'obscurité avant de revenir avec une soupière pleine.

« Maintenant essuyez-vous les mains et les pieds et venez prendre votre soupe, c'est chaud. »

Ce disant elle donnait à Hal une grande serviette pour qu'il se sèche, ce qu'il a fait avant de se mettre à table.

« Goûtez, cela apaisera votre toux, a dit la vieille en servant la soupe fumante.

— Merci, madame. »

Hal s'est mis à manger sa soupe presque avec avidité, comme quelqu'un d'épuisé et d'affamé. Jurgita était restée debout à ses côtés, le regardant se restaurer. Il savourait, oublieux de tout le reste, jusqu'à ce qu'il relève les yeux vers elle.

« C'est un vrai délice, qu'est-ce que c'est comme soupe ? Il y a une odeur, du jasmin ? »

Mais elle ne semblait pas comprendre ce qu'il disait en anglais.

« C'est la meilleure soupe contre la toux, prenez-en encore, il en reste. »

La vieille Jurgita a replongé sa louche dans la soupière pour remplir à nouveau l'assiette de son visiteur. Était-ce grâce à la soupe, toujours est-il que déjà il ne toussait plus.

« Je ne sais comment dire, j'ai l'impression d'avoir déjà mangé une soupe comme celle-ci, avec ce goût de jasmin. Mais je ne me souviens ni quand ni où. C'est très étrange. »

Elle n'a pas bronché, sans doute n'avait-elle pas compris Hal. D'un panier posé sur la nappe, elle a pris une miche de pain qu'elle a tranchée pour son invité. Il l'a prise, l'a trempée dans son assiette et s'est régalé. Elle le regardait faire avec satisfaction.

Des rires d'enfants se sont fait entendre. Hal a regardé vers la porte, des enfants l'avaient entrouverte pour espionner la maison.

« Darius ! Vous faites entrer le froid, fermez la porte ! » a grondé la vieille femme.

Les enfants ont sursauté et la porte s'est refermée avec fracas. Les mêmes battements d'ailes que précédemment se sont fait entendre.

« Ces gamins, ils s'ennuient en hiver. Ils n'ont nulle part où aller, il faut bien qu'ils fassent un peu de chahut », a dit Jurgita.

Les enfants qui avaient épié sa maison s'étaient empressés d'aller raconter ce qu'ils avaient vu à l'assistance encore regroupée devant la maison : l'inconnu asiatique mangeait de la soupe sous les yeux de Jurgita, etc., le peu qu'ils avaient pu saisir de la situation en cours. Parmi ceux qui se trouvaient là, ceux qui connaissaient la soupe de Jurgita en salivaient d'aise. Certains posaient des questions, l'air grave. Manifestement, il n'y avait pas que les enfants qui s'ennuyaient ferme en hiver.

Après que Hal a eu fini sa soupe, Jurgita a servi un thé chaud.

« Donc vous êtes citoyen de la République d'Užupis ? » a-t-elle demandé.

Hal a fait signe que oui, précisant qu'il souhaitait y retourner mais qu'il ne savait pas où elle était : « Oui. Et je voudrais y retourner. Mais je ne sais pas où elle se trouve. Voilà pourquoi je suis venu vous voir. »

Quoique Jurgita ait semblé ne pas comprendre l'anglais de Hal, celui-ci a poursuivi :

« Marija m'a dit que vous aviez vécu en Užupis. Pouvez-vous me dire comment me rendre là-bas ? »

La vieille ne paraissait toujours pas comprendre. Avec un sourire éclatant, elle a dit :

« Quand j'étais plus jeune, je parlais anglais vous savez. Mais depuis que mon mari est parti à la recherche de la République d'Užupis, il y a cinquante ans de cela, je n'ai plus parlé cette langue. Je crois que j'ai tout oublié avec le temps. »

Hal a bondi.

« Votre mari, qu'est-il devenu ? »

La vieille femme, sans comprendre la question, demeurait avec son sourire ravi.

À ce moment-là, Hal a entendu revenir le bruit des battements d'ailes. Surpris, il a levé la tête, cherchant l'origine du bruit. Dans le clair-obscur, deux oiseaux battaient des ailes.

« Qu'est-ce que c'est ? »

La vieille femme, souriant timidement, a montré du doigt le haut de la cheminée. Il y avait là une foule de nids et, dans chacun de ses nids, des hirondelles qui examinaient Hal. Ce dernier, yeux écarquillés, a sursauté.

« Ce sont des hirondelles, n'est-ce pas ?

— Après la mort de Gerdihal, j'ai quitté Vilnius et me suis installée ici. Des hirondelles ont commencé à venir. Elles sont venues nidifier ici, les unes après les autres. »

Incrédule, Hal a remarqué :

« Des hirondelles sous ce climat, c'est extraordinaire. »

Comme si elle avait quelque chose à lui montrer, la vieille femme a pris Hal par la main et l'a mené devant un petit bureau d'enfant dans un coin du salon. Les tiroirs étaient ouverts. Dans chaque tiroir, un nid. Dans chaque nid, des hirondelles. Certaines d'entre elles observaient Jurgita et pépiaient doucement.

« Oh, mon Dieu ! s'est exclamé Hal.

— C'est ici, dans ces tiroirs, que les hirondelles ont commencé à faire un premier nid. Ce bureau, c'était celui de Gerdihal quand il était enfant. Quand j'ai vu le nid, c'était comme si Gerdihal était revenu à la maison. Chaque année, la famille grandissait. Maintenant, elles se sont installées un peu partout dans la maison. »

La vieille Jurgita a tiré la main de Hal pour le conduire devant une horloge ancienne, contre le mur du fond. Ouverte, elle semblait arrêtée depuis une éternité, le boîtier était ouvert, le capot avait disparu. L'intérieur de l'horloge aussi accueillait des nids. Les oiseaux qui vivaient là ont posé leur regard ensommeillé sur Hal.

« C'est tout simplement extraordinaire…

— Ce n'est pas tout. Venez par ici. »

Elle a désigné un vieux violon rangé sur une étagère. À l'intérieur, un couple d'hirondelles. Elles aussi promenaient sur eux leur regard ensommeillé en piaillant doucement.

« Ce nid, c'est le plus récent, a dit Jurgita. C'était le violon de Gerdihal, maintenant, c'est leur maison à elles.

— C'est merveilleux…

— Quand arrive le printemps, elles vadrouillent dehors toute la journée, mais en hiver, elles restent cloîtrées ici. Vous n'imaginez pas comme les petites sont coquines, comme Gerdihal quand il était petit. C'est pour cette raison que je préfère tamiser la lumière quand j'ai des invités. Ainsi elles croient que c'est la nuit et elles restent calmes dans leur nid. »

De même que les lourds rideaux contre les fenêtres et la chaleur accablante du salon devaient être pour les volatiles, s'est dit Hal.

« Quand elles sont arrivées, je pensais qu'elles partiraient en automne. Mais elles sont restées. Je suppose qu'avec la chaleur dans la pièce elles ont oublié le changement de saison. En hiver, il faut que je fasse bien attention à entretenir le feu. »

Hal a aperçu un tas de bois près de la cheminée.

« Les premières années, Zamaitias était encore en vie, je n'avais pas de problème. Avant chaque automne il me préparait des piles de bois. »

Étonné, Hal a demandé :

« Zamaitias ? Vous voulez dire, le héros légendaire de la République d'Užupis ? »

La vieille femme n'avait pas compris la question. Elle continuait :

« Maintenant, c'est le jeune Kornelius qui m'aide. Mais il va me quitter au printemps. Il veut aller à Vilnius, il voudrait devenir joueur de basket. Ce qui me préoccupe par-dessus tout, c'est que je ne sais pas ce qu'elles deviendront après ma mort, ces pauvres petites bêtes. »

La voix de la vieille femme était empreinte de tristesse. Hal, comme s'il voulait lui redonner du courage, a demandé, tendant la main vers l'interrupteur sur le mur :

« Je me demande combien d'hirondelles vous avez ici. Je peux allumer pour voir ? »

La vieille femme a de nouveau montré son sourire radieux, puis a hoché la tête et Hal a allumé. Soudain le salon s'est éclairé et au même instant tous les oiseaux se sont envolés dans un gigantesque vacarme. Du manteau de la cheminée, des tiroirs du bureau, de l'intérieur de la vieille horloge, de l'intérieur du violon, de sous la table, un essaim d'hirondelles s'est mis à tourbillonner, survolant le salon dans un maelström de plumes et de cris.

« Incroyable ! C'est tout simplement incroyable ! » criait Hal, abasourdi.

La vieille femme regardait le spectacle de ses yeux illuminés, son visage éclairé d'un sourire. Elle rayonnait de joie et de fierté dans les battements d'ailes. Certains oiseaux se posaient même sur sa tête ou ses épaules.

« Oui, oui, a-t-elle dit aux oiseaux, je vois, c'est bientôt l'heure du repas. »

Elle a versé des graines ou quelque chose dans une auge à côté de la cheminée. Toutes les hirondelles se sont ruées en une masse noire. La vieille, pendant ce temps, leur a rempli un bol d'eau claire.

Vue sous la lumière, la maison se dévoilait en ce qu'elle était, totalement offerte aux volatiles. Chaque coin et chaque recoin accueillait un nid et le parquet sous chaque nid était recouvert d'un cône de déjections noires et blanches. Ce n'était plus une maison, la femme habitait une immense volière.

Tandis que Hal découvrait ce logis ruiné, un cadre sous verre, accroché sur le mur d'en face, est tombé sous ses yeux. C'était un drapeau encadré vers lequel il a marché, aimanté.

« N'est-ce pas là… le drapeau de la République d'Užupis ? »

C'était en effet le même drapeau que celui qu'il avait vu la nuit précédente dans l'appartement de Jurgita la jeune. Pourtant il le regardait avec une immense émotion, comme s'il le découvrait après une éternité. La vieille n'avait pas remarqué le bouleversement qui avait saisi Hal. Elle était penchée sur les hirondelles, en train de leur chuchoter des petits mots. Peut-être leur disait-elle de bien se comporter aujourd'hui, car elles avaient un visiteur.

Jurgita à Adutiškis

« Ceci appartenait à mon mari, a dit la vieille Jurgita tandis que Hal dévorait littéralement le drapeau des yeux.

— Vous avez conservé le drapeau de la République d'Užupis toutes ces années. »

Hal était ébloui.

« Vous reconnaissez le drapeau de votre République, digne fils d'Užupis. Vous savez, vous êtes le premier compatriote que je rencontre depuis que Zamaitias est mort. »

L'expression, la voix de Jurgita étaient chargées de chagrin. Soudain, elle a semblé frappée par une idée.

« Il y a quelque chose que j'aimerais vous montrer. Suivez-moi. »

Prenant Hal par la main, elle l'a guidé dans un couloir obscur. Il devait aussi y avoir des nids ici car Hal a reconnu les bruissements caractéristiques. Jurgita a poussé une porte au fond, donnant sur une chambre.

C'était une chambre spacieuse, très différente du salon, propre et ordonnée. Contre les murs étaient alignés des meubles vitrines contenant toutes sortes d'objets ainsi que des photographies. De la fenêtre, le jour pénétrait dans la pièce ; le parquet brillait. En revanche, ici, l'air était glacial et picotait le nez.

« On dirait un petit musée… »

Hal regardait à droite, à gauche, ne sachant par où débuter sa visite. Il s'est dirigé vers l'un des meubles dans lequel il a vu un drapeau. Le même que dans le salon, le drapeau de la République d'Užupis. Là encore, Hal s'est extasié.

« Celui-ci, c'est Zamaitias qui me l'a donné avant sa mort », a expliqué Jurgita derrière lui. Elle a ouvert la vitrine et a sorti de sous le drapeau une petite boîte. De la petite boîte, elle a sorti une carte postale.

« Regardez, on aperçoit aussi le drapeau sur cette carte. »

Au recto figurait une photographie en noir et blanc. Elle représentait un château de style classique qui semblait surgir d'un lac. Il était plein de délicatesse et d'élégance et semblait tout de marbre bâti. Au pinacle, sur une flèche, flottait un drapeau. Au-delà du lac se déployaient des montagnes dont les sommets étaient couverts de neige éternelle, comme dans les paysages alpestres. Or cette carte postale était exactement la même que celle que Hal avait vue la nuit précédente, chez l'autre Jurgita, à Vilnius. Pour autant, Hal ne semblait pas faire le rapprochement.

« Un château magnifique !

— Oui, c'est le palais présidentiel de la République d'Užupis. Il y a longtemps – je devais avoir quatre, cinq ans peut-être – j'ai remis, dans la cour que vous distinguez ici, un bouquet de fleurs à Zamaitias qui avait remporté le marathon olympique. »

Le visage de Jurgita s'enflammait comme elle ravivait ce lointain passé. Hal, également ému, l'a interrogée :

« Vous avez rencontré Zamaitias, notre héros ? »

Difficile de savoir si Jurgita avait ou non compris la question posée par Hal en anglais, elle a juste affiché son sourire bienheureux en poursuivant son récit :

« Les adultes m'ont poussée devant et j'ai offert mon bouquet à Zamaitias qui portait une couronne de laurier sur le front. Il a retiré le drapeau qu'il portait sur les épaules – ce drapeau-ci – et me l'a mis sur le dos. J'étais trop jeune pour saisir la portée de l'événement et j'ai oublié toute l'histoire peu à peu.

— Vous avez rencontré notre héros…

— C'était l'adjudant-major qui servait mon père. Ils avaient fait la guerre ensemble. Plus tard, après que mon père s'est fait tuer à la guerre et que notre patrie a perdu son indépendance, Zamaitias est devenu agriculteur. Malgré tout, il a continué à s'occuper de moi, m'appelant toujours "mademoiselle", jusqu'à son dernier souffle. Avant de mourir, il m'a rendu ce drapeau que j'avais moi-même totalement oublié. C'était un homme droit, un cœur d'or… »

Elle a marqué une pause et a fait un signe de croix. Hal a vu qu'elle était gauchère.

« À propos, qui a envoyé cette carte, et d'ailleurs, à qui était-elle destinée ? »

Hal examinait l'écriture à peine lisible au verso. La femme a semblé comprendre la question cette fois.

« Cette carte fut envoyée à son neveu par le poète du peuple d'Užupis, le grand Urbonas. À cette époque, son neveu vivait en exil dans un pays lointain. Quand notre patrie a retrouvé son indépendance, Urbonas lui a écrit pour lui dire de revenir dans son pays natal. »

Au fur et à mesure qu'elle conversait avec Hal, la vieille femme semblait retrouver son anglais perdu il y a longtemps.

« C'est émouvant de voir une carte écrite par Urbonas lui-même. »

Il tenait la carte entre ses doigts, attendri, impressionné.

« Et le neveu d'Urbonas était mon mari. »

Elle a souri, comme si elle venait de penser à quelque chose.

« Laura, qui n'a que trente-deux ans, soutient pourtant qu'Urbonas serait le père de Kornelius. Ça n'a aucun sens. D'autant qu'il n'y a pas que Laura, chaque fille qui tombe enceinte prétend qu'Urbonas est le père. »

Hal a souri pour répondre.

« Urbonas devait vraiment être un fameux personnage.

— Pour les jeunes filles, d'une certaine façon, je peux comprendre. Toutes celles qui ont lu *Matin pour Julia* ont rêvé un jour ou l'autre de se trouver dans les bras d'Urbonas et de faire l'amour avec lui. C'est entendu. Mais ce qui est scandaleux, ce ne sont pas ces jeunes filles naïves, ce sont les insensés qui prétendent avoir écrit eux-mêmes ces poèmes, comme si Urbonas n'avait jamais existé ! Figurez-vous, un certain Russe a même eu le culot de traduire dans sa langue les poèmes d'Urbonas pour les publier sous son propre nom.

— Moi aussi j'ai rencontré quelqu'un de ce style, s'est écrié Hal. Il affirmait que *Poète d'un pays colonisé* avait été écrit par un certain Yorslav, un poète ukrainien. »

Jurgita a soupiré longuement.

« Voilà pourquoi Urbonas a dit autrefois : celui qui cherche sa patrie, cherche sa poésie perdue. »

Les paroles de Jurgita ont touché Hal au cœur.

« Mon père disait quelque chose de tout à fait similaire : “Si je désire que mes cendres soient enfouies dans la terre d'Užupis, c'est pour planter des graines de poésie.” »

Les larmes ont envahi ses yeux. Pour le consoler, la vieille Jurgita a pris un petit livre derrière une vitrine.

« Vous voulez bien que je vous lise un poème d'Urbonas ? C'est un de ses plus drôles. »

Feuilletant les pages, elle a trouvé le texte qu'elle cherchait et a commencé sa lecture :

Le facteur boiteux se couche
Dans son sac postal,
Le docteur aveugle se couche
Dans sa trousse,
Et le ménétrier sourd-muet se couche
Dans la housse de son violon.

Tout le monde a un sac
Pour se coucher dedans,
Parce qu'il n'y a personne qui soit vraiment droitier.

C'est vrai,
Dans certaines monarchies
Comme le Japon,
On se couche encore
Dans sa chaussure
Ou dans sa poche.

Mais, depuis la révolution,
Dans notre village,
C'est interdit.
Alors, tout le monde prépare son sac.

Hal a pouffé comme s'il ne pouvait plus se retenir, toujours les larmes aux yeux. La vieille femme a ri aussi, avant de reprendre sa lecture :

Mais moi,
Je n'ai pas de sac,
Parce que je ne suis ni boiteux ni aveugle ni sourd-muet.
Alors, j'ai décidé de me coucher
Dans un tiroir avec mes hirondelles
Comme vous avez décidé de vous coucher
Dans un pot avec vos grenouilles
Et comme votre fille a décidé de se coucher
Dans une boîte d'allumettes.

Hal, plié en deux, la morve au nez, se tenait le ventre de rire. En reniflant, il a dit :

« Urbonas, quel génie comique ! L'avez-vous déjà rencontré ?

— Non, pas en personne. »

Elle a réfléchi un moment avant de reprendre.

« Encore que… Si, c'est possible, oui, sûrement, j'ai dû le rencontrer. »

Pour donner de la crédibilité à son hypothèse, elle a désigné une autre photographie dans un autre meuble.

« Sur cette photographie, c'est la famille de mon mari. »

Au centre de la vieille image en noir et blanc se tenait assis un homme d'âge moyen, en costume, portant une décoration officielle épinglée sur sa poitrine. À ses côtés, une femme d'allure distinguée et devant eux un garçon de six ou sept ans et une petite fille de cinq ou six ans. Derrière le couple central, un homme, la trentaine, grand, portant une moustache élégante, prenait une pose altière. Leurs tenues, le décor évoquaient la photographie de famille d'un dignitaire prise à la fin du XIXe siècle. En réalité ce cliché était parfaitement identique au cliché que Hal avait vu dans l'appartement de Jurgita la nuit précédente, à Vilnius. Mais Hal ne faisait apparemment pas le rapprochement et détaillait avec grand intérêt les personnages sur l'image.

« Cet homme-là, c'est mon beau-père. Il était ambassadeur de la République d'Užupis, dans un pays lointain. Quand nous avons perdu notre patrie, incapable de surmonter sa douleur, il s'est donné la mort. C'est ce que l'on m'a rapporté. »

Jurgita montrait l'homme d'âge moyen au centre la photo.

« Quelle tristesse… » a dit Hal, navré.

Jurgita avait la voix sereine.

« Mon père et lui étaient des amis très proches. De sorte que nous sommes comme cousins, ces deux enfants et moi-même. Quant à ce grand cousin, là, il est devenu mon mari. »

Hal a hoché la tête. La vieille dame a poursuivi, parlant du grand homme de trente ans à peu près qui portait une moustache élégante.

« C'est lui, Urbonas, le célèbre Urbonas. En ce temps-là j'étais souvent avec mes deux cousins. J'allais chez eux prendre des leçons de piano avec cette dame. J'ai donc forcément rencontré Urbonas en diverses occasions. Mais tout cela est tellement lointain, je n'ai aucun souvenir de lui. »

Hal a opiné.

« Ça peut se comprendre, évidemment. Les souvenirs sont comme des champs au crépuscule, ceux qui se trouvent le plus loin disparaissent les premiers. »

Jurgita, à son tour, a opiné. Au fur et à mesure de leur conversation, elle semblait retrouver l'anglais qu'elle avait perdu depuis longtemps.

« Oh, voici mon fils, Gerdihal. »

La photographie encadrée que montrait Jurgita, derrière une autre vitrine, était un portrait. Le portrait d'un jeune homme qui fixait droit l'objectif, lèvres serrées. Il donnait l'impression d'être un homme de conviction. Il avait aussi quelque chose d'asiatique.

« Après la mort de mon mari, j'ai reporté tous mes espoirs sur Gerdihal. Ce garçon était tellement brillant. Il parlait la langue d'Užupis, bien sûr, mais aussi le lituanien, le russe, le polonais, l'allemand et le français. Et toutes ces langues couramment. De fait ses écrits ont été publiés dans les journaux de différents pays. »

Tout en parlant, Jurgita a pris un album en dessous du cadre et l'a ouvert, fièrement, devant Hal.

« Un jeune homme tout à fait remarquable », s'est exclamé Hal.

Sans réagir à l'exclamation, Jurgita a poursuivi :

« Il a même traduit et publié des poèmes d'Urbonas dans plusieurs langues. »

Elle montrait une pile d'ouvrages sur une étagère.

« Tous ces livres sont des traductions de votre fils ? » s'est étonné Hal.

Sans lui répondre, Jurgita a dit dans un murmure :

« Mais il est mort à trente-trois ans.

— Mon Dieu ! a laissé échapper Hal malgré lui.

— Il a été assassiné, à Saint-Pétersbourg.

— Mon Dieu ! s'est encore exclamé Hal.

— Ils disent qu'il a été tué après avoir manqué d'assassiner le tsar russe.

— Mon Dieu… » a murmuré Hal, la voix brisée de douleur. Jurgita quant à elle avait sans doute surmonté depuis longtemps sa peine. Elle regardait Hal avec un sourire affectueux.

« Mais est-ce que vous comprenez ce que je vous dis ?

— Bien sûr. Je ne parle plus l'užupisien mais je le comprends sans difficulté. »

Quoique dubitative, Jurgita a montré un nouveau cadre dans une vitrine.

« Ici, c'est Marija, ma petite-fille. »

C'était la photo d'une fille arborant un large sourire, une petite vendeuse de fleurs. La reconnaissant, Hal a renchéri.

« Ah, Marija, oui ! Je l'ai vue ce matin à Vilnius. Cette petite est aussi jolie qu'intelligente. »

Jurgita avait-elle compris Hal, toujours est-il qu'elle a enchaîné. Avant de sortir le cadre de la vitrine et de caresser sa photographie.

« C'est la fille de Gerdihal et de Julia. Après la mort de son père, Julia l'a prise dans ses bras et s'est enfuie très loin de tout, jusqu'à Cordoue.

— Cordoue, dans le sud de l'Espagne ? »

Elle a fait oui de la tête.

« Oui, elle a dû partir si loin. Pourtant, elle n'a pu endurer le mal du pays. Les gens d'Užupis sont ainsi. Et elle a fini par se jeter d'un pont, à Cordoue.

— Oh non ! » s'est écrié Hal, horrifié.

Jurgita, dans une sérénité presque cruelle, ne fixait que le vide.

« Se jeter d'un pont… à Cordoue… Cela me rappelle un poème… »

Hal a commencé la récitation en anglais d'un poème, cherchant loin dans sa mémoire chaque mot.

Un jour, quelque part,
Si nous nous rencontrons à nouveau,
Nous aurons un parapluie, pour attendre la pluie
La pluie comme la lune d'argent
La pluie comme une sonate bleue.

Mais en vérité dans ce pays
Nous n'avons pas connu
La saison des pluies.
Les oliviers sont morts
Les oiseaux ont cessé de chanter
Et tes lèvres se sont desséchées.

Jurgita examinait Hal dans sa récitation, captivée. À l'évidence, elle saisissait parfaitement l'anglais que parlait Hal. Lui continuait :

Un jour, quelque part, comme à Cordoue,
Si nous nous rencontrons à nouveau sur le pont à Cordoue

Nous ferons une pause dans nos pas
Pour regarder les papillons
Les battements d'ailes des papillons jaunes
Qui peuplent le dessous du pont.

Mais, en vérité, dans ce pays
Nous n'avons pas connu
L'après-midi sous le soleil du printemps
Les poissons restaient immobiles sous la glace
Les bourgeons n'éclosaient pas
Et tes mains étaient toujours froides.

Au fur et à mesure de l'avancée du poème, les yeux de la vieille Jurgita s'emplissaient de larmes cristallines.

« Ma pauvre Julia a peut-être pensé à ce poème quand elle était sur le pont. Savez-vous qui l'a écrit ? »

La question a étonné Hal.

« C'est un poème d'Urbonas, bien entendu. Vous avez récité sa traduction anglaise.

— Oh, *Mort sur le pont de Cordoue*, un de mes poèmes préférés, était de la main d'Urbonas ! »

Jurgita ne s'est pas arrêtée au propos de Hal.

« Après la mort de Julia, Marija était orpheline. C'est pieds nus qu'elle est arrivée ici, devant ma porte. Jusqu'au dernier jour de ma vie, je vous le jure, jamais je n'oublierai cette image, ma petite Marija était revenue jusqu'ici pieds nus. »

Les larmes qui avaient débordé de ses yeux n'éteignaient pas son sourire radieux.

Un courant d'air s'est fait soudain sentir, Jurgita a crié vers la fenêtre :

« Darius ! »

Les enfants du village, nez collés à la fenêtre pour espionner la maison, se sont éparpillés en un rien de temps. La vieille Jurgita est allée refermer les croisées en philosophant, paisible :

« Les gens de la campagne n'ont nulle part où sortir ni se divertir. Qu'un étranger fasse une visite à l'un d'eux et c'est tout un événement. »

Derrière ses épaules, Hal apercevait l'étendue uniforme des champs sur laquelle tombaient à l'infini les flocons blancs.

Les enfants chassés de la fenêtre ont contourné la maison, revenant se placer parmi les badauds qui attendaient toujours devant la maison, sur la route enneigée. Les gamins ont raconté aux adultes ce qu'ils avaient pu entrapercevoir : que Mamie Jurgita faisait étalage de ses photographies devant l'étranger. Que celui-ci approuvait et parlait de temps en temps. Qu'à un moment il avait récité quelque chose, une chanson, peut-être un poème et que Mamie Jurgita avait pleuré en l'entendant.

Parmi les auditeurs de ce conte, d'aucuns, incrédules, assaillaient les enfants de nouvelles questions. La conversation de Jurgita avec un étranger leur paraissait totalement surréaliste. A contrario, les yeux de certains autres s'embuaient, comme contaminés par le chagrin de Jurgita.

À l'intérieur, le récit de Jurgita avançait :

« Autrefois, moi aussi je vivais en ville. Je suis venue m'installer ici à la mort de Gerdihal. Ici sont les racines de mon père. C'est aussi la terre que Zamaitias a travaillée quand il est devenu paysan. »

L'émotion de Jurgita ne cessait de croître, tandis qu'elle faisait revivre une époque ancienne. Alors, comme pour se ressaisir, d'une voix haute et espiègle, elle a présenté une nouvelle photographie :

« Oh oh ! Et voici mon mari. »

Sur l'image, Jurgita souriait, radieuse dans sa robe de mariée, aux côtés d'un homme – probablement son mari. Il se trouve que Hal avait vu une photo rigoureusement identique dans l'appartement de Jurgita à Vilnius. Toutefois, il n'a pas semblé en être conscient.

« Vous êtes très belle. Et votre mari aussi est très beau. »

La vieille femme a semblé ne pas comprendre ces mots prononcés en anglais.

« Mon cousin avait suivi mon père dans son exil. Quand il est revenu, nous nous sommes mariés. Je n'oublierai jamais le jour de son retour. »

Hal ne disait plus rien désormais, se contentant d'écouter attentivement Jurgita.

« C'était à l'aéroport de Vilnius. Je rentrais du Danemark et Zamaitias, qui s'était converti à l'agriculture, était venu m'accueillir. Portant une énorme oie dans les bras, il courait et se dandinait vers moi sur le sol verglacé, m'appelant : « Jurgita ! » Et qui a tourné la tête ? Mon grand cousin, celui que j'avais désiré jour et nuit, il a entendu cet appel et son regard m'a enveloppée. Il était revenu pour retrouver sa patrie Užupis enfin libérée.

— Quelle rencontre romantique !

— Il a paru ne pas me reconnaître. Il faut dire que le jour de son départ je n'avais que six ans et que nous étions vingt ans après. Comment aurait-il reconnu la petite fille d'autrefois ? »

Hal a fait signe qu'il partageait sa remarque. Elle a poursuivi :

« Le lendemain, tout à fait par hasard, nous nous sommes croisés dans une église orthodoxe russe de Vilnius. Si nous avions été comme les jeunes d'aujourd'hui, nous nous serions jetés dans les bras l'un de l'autre, sans dissimuler la joie de nos retrouvailles. Mais moi à l'époque… j'étais si timide… Je lui ai juste donné rendez-vous pour plus tard, au Mano Kabina. Au final j'ai envoyé Zamaitias pour qu'il lui demande de venir plutôt chez moi. Mon cousin à ce moment ne devait toujours pas savoir que j'étais sa petite cousine quittée il y avait si longtemps. »

Dévoré de curiosité, Hal a demandé :

« Alors, que s'est-il passé ensuite ? »

La vieille femme a secoué la tête, semblant avoir compris la question.

« Le lendemain matin, après avoir conçu Gerdihal, il est parti à la recherche de la République d'Užupis. Il n'est jamais reparu. »

Touché par cette histoire déchirante, Hal n'a pas réagi tout de suite. Puis, avec prudence :

« Vous en voulez à votre mari ? »

La vieille femme – difficile de dire si elle avait compris la question de son invité – a répondu de son sourire éclatant.

« Il y a un proverbe en Užupis qui dit : *L'homme qui quitte sa maison pour un but ne doit pas y revenir sans l'avoir atteint.* C'est ainsi. Je suis fière de mon mari. Tout comme je suis fière de notre fils, Gerdihal. »

Hal a apprécié sans un mot.

Il a regardé les vitrines. Outre les photographies encadrées, elles recelaient tout un bric-à-brac d'objets soigneusement disposés : médailles, stylo plume, lunettes, chaussures, smoking. Jurgita a expliqué que ces objets avaient tous appartenu à son beau-père.

Pendant qu'il se livrait à ce pieux inventaire, quelqu'un a toqué à la fenêtre, appelant Jurgita. Hal et elle se sont tournés d'un même mouvement vers le carreau. Ils n'ont vu qu'un grand parapluie noir et la neige qui tombait sur ce parapluie noir.

Jurgita s'est rendue à la fenêtre, Hal sur ses traces. Sous le parapluie, un vieil homme de petite taille les regardait à travers la vitre. Il était peut-être venu réconforter Jurgita après que les enfants avaient fait le récit de sa peine et de ses larmes.

« Oh, Mindagas ! Vous êtes vraiment un sacré bonhomme ! » l'a apostrophé Jurgita en ouvrant la fenêtre. Après quoi elle lui a crié quelque chose et il a répondu en lituanien, affichant un sourire servile, sur un ton d'excuse. Après un bref échange encore elle a refermé les croisées en exposant la situation à Hal :

« Voulez-vous bien attendre ici un petit moment ? Il faut vraiment que je sorte et que je leur explique moi-même les choses. Sans quoi ils risquent de s'effondrer là dehors sous le poids de leur curiosité. Ils en deviennent fous, savez-vous. »

Ayant dit cela, Jurgita est sortie. Quand elle a ouvert la porte, Hal a de nouveau entendu le gazouillis des oiseaux. Laissé à lui-même, placide, il a repris son étude des objets conservés dans la pièce.

Dès que Jurgita a ouvert la porte d'entrée, la foule des villageois rassemblés devant chez elle s'est mise à applaudir joyeusement en chœur. Ils se sont avancés vers elle et l'ont entourée, espérant qu'elle comblerait leur attente. Ils ont posé question sur question. Jurgita débrouillait les interrogations, répondait à chacun et chacun approuvait. Puis ils posaient de nouvelles questions. Et ainsi de suite. Les questions portaient, c'est probable, sur l'étranger, le pourquoi de sa venue, la langue de leurs échanges, ce genre de choses.

Pendant ce temps, Hal continuait d'explorer le contenu des vitrines. Un vieux phonographe avec des disques antiques, des photographies prises sur un lieu de villégiature, une de Jurgita allaitant un bébé, sans doute Gerdihal. Son attention a été attirée par autre chose encore, une brochure de théâtre. Sans réfléchir, Hal s'en est emparé et a commencé à la lire.

La mise en page était très dense, le texte n'était ni en anglais ni en russe, en lituanien certainement et Hal ne pouvait déchiffrer la moindre ligne. Il s'est alors mis à feuilleter plus avant, cherchant des images auxquelles s'accrocher.

Au bout d'une dizaine de pages, il est tombé sur une première photographie. On y voyait un homme, tout de noir vêtu, qui fixait droit l'objectif, l'air pompeux au possible. Hal a tourné la page, cherchant de nouveaux clichés.

La page suivante montrait un homme élégant, la cinquantaine, dont toute la personne rayonnait de bonnes manières et de bienveillance. Hal a supposé qu'il devait être soit le directeur du théâtre, soit celui de la compagnie.

Page suivante on voyait un homme, la petite quarantaine, visage pâle et cheveux touffus. Les lèvres serrées, ses yeux ardents fixaient l'objectif droit devant lui, donnant à son regard l'expression d'une bête sauvage. Ce devait être le premier rôle de la pièce. Hal a regardé longuement cet homme au regard brûlant.

La page suivante portait la photographie d'une comédienne, encore jeune. Elle regardait distraitement devant elle, l'air las, le menton au creux de la paume.

Sur la page suivante il y avait la photographie d'une scène. Un homme, petite quarantaine, une énorme valise à la main, se tenait seul sur le bas-côté d'une route qui traversait une étendue déserte. L'homme attendait peut-être un bus.

La chose curieuse, c'est que la photographie semblait être celle d'un tournage de cinéma bien plus que celle d'un décor de théâtre.

Page suivante il y avait la photographie en noir et blanc d'un homme d'environ trente ans, à la moustache élégante. Sans doute s'agissait-il de l'auteur de la pièce. Le contour délicat de ses lèvres dessinait un fin sourire. À en juger par cette photo, il n'aurait pas été étonnant qu'il ait été considéré comme un coureur de jupons. L'image était sans doute la reproduction d'une vieille photographie, elle portait des stries et était de qualité plutôt médiocre.

C'était ni plus ni moins la même brochure que celle que Hal avait reçu d'Alvydas ce matin. Hal n'a pas semblé s'en souvenir. Il a remis le programme à sa place.

Ce faisant, il a remarqué autre chose, une enveloppe portant l'inscription manuscrite *À Rimas*. L'enveloppe suscitait tout l'intérêt de Hal quand Jurgita est revenue chez elle. Le voyant plongé dans son observation, elle a dit :

« Ce sont des lettres que mon mari a écrites à un de ses amis, Rimas. »

Hal a émis le souhait de les lire et Jurgita, en réponse, a rouvert la vitrine et a pris l'enveloppe pour la lui confier. Hal en a extrait le contenu délicatement.

Il y avait là trois lettres rédigées en anglais. L'une était un message très court, les deux autres étaient assez longues. Hal a débuté par la plus brève.

Rimas, Mon cher ami,

Si tu n'as pas réussi à avoir un car pour Chişinău aujourd'hui et que tu restes à Vilnius, je te prie de bien vouloir me laisser ton adresse locale. Je repasserai à l'hôtel régulièrement pour voir si tu as eu ce message.

À 10h20

Ton ami Hal

P.S. : Vilma est une femme magnifique, à la beauté céleste.

Ayant parcouru ce billet, Hal a probablement estimé qu'il était incorrect de violer ainsi une correspondance privée. Il a rangé les deux lettres dans l'enveloppe sans les lire.

« Puisque cet homme parle d'aller à Chişinău, c'était peut-être un Moldave ?

— Je suppose, oui. »

Mais après avoir dit cela, comme si elle venait de penser à autre chose, la vieille Jurgita a contredit leurs propos :

« En fait, non. Je me souviens avoir entendu quelqu'un dire que Rimas était estonien. C'était un écrivain estonien et son petit frère, qui lui habitait en Moldavie, était tombé malade puis était décédé. Pour ses neveux, il avait épousé la veuve. C'est ainsi qu'il se serait retrouvé en Moldavie. »

Hal a coupé :

« Ça me rappelle notre coutume užupisienne, épouser la veuve de son père pour prendre en charge les enfants. »

Jurgita a hoché la tête.

« Les gens d'Užupis étaient des gens de cœur. »

Derrière les vitrines, quelque chose d'autre a attiré l'attention de Hal. Il venait de voir un portrait funéraire encadré et une urne enveloppée d'un tissu noir à côté. Devant le cadre, une médaille et un revolver. Au-dessus de la boîte reposait une rose rouge.

« Qu'est-ce que c'est ? »

La vieille Jurgita a répondu en offrant son sourire chaleureux :

« Ce sont les cendres de mon beau-père. Il a émis les vœux qu'elles soient enfouies dans la terre d'Užupis. Mon mari les a amenées ici à son retour d'exil. Mais il est mort avant de retrouver sa patrie. Après quoi, Gerdihal à son tour est mort. Les cendres sont restées ici. J'attends le jour où le fils de Marija accomplira ces dernières volontés. »

Comme s'il ne parvenait pas à contenir les émotions qui l'envahissaient, Hal a fermé les yeux. Entre ses paupières closes, des larmes lentement se sont mises à couler. Pour dissimuler sa gêne, il est allé jusqu'à la fenêtre. Il voyait l'étendue infinie des champs et la neige qui la recouvrait.

« Voulez-vous écouter de la musique ? »

La voix de la vieille Jurgita a surgi derrière son dos. Mais les mots ne venaient plus aux lèvres de Hal qui n'a pas pu répondre. La vieille femme a pris un disque qu'elle a placé sur un antique Gramophone. Hal s'est demandé si l'appareil était encore en état de fonctionner, mais le plateau s'est mis à tourner et, avec le crachotement de sons parasites, la musique a démarré. Un prélude solennel et triste. Hal a relevé la tête d'un coup.

Après le prélude, la voix majestueuse et délicate d'un ténor a entamé l'hymne national de la République d'Užupis. Raide, Hal a fermé les yeux, le corps parcouru de frissons. Derrière la fenêtre, sur l'étendue des champs déserts, la neige tombait infiniment.

Au bord de la Vilnia

Quand Hal a quitté la maison de la vieille Jurgita, sa valise à la main, ne restait dehors que quelques enfants en train de jouer à un jeu qui ressemblait au dacau. Les adultes devaient être rentrés chez eux, chassés par le froid.

L'apparition de Hal a stoppé net les enfants qui l'ont aussitôt hélé au son de leurs « *Hello ! Hello !* » auxquels il a répondu par son propre « *Hello !* ». Les enfants étaient absolument ravis et ont enchaîné avec un refrain sans queue ni tête sur une base de « *Thank you !* » et de « *OK!* ». Hal a répondu « *Thank you !* » tandis que deux ou trois gamins détalaient pour alerter les adultes du départ de l'étranger.

« Où comptez-vous vous rendre à présent ? l'avait interrogé Jurgita, le raccompagnant sur le seuil.

— Une fois que j'aurai retrouvé la République d'Užupis, je vous ferai avertir. Vous pourrez alors pénétrer à nouveau dans le palais présidentiel, là où jadis vous avez offert un bouquet de fleurs à Zamaitias. »

Jurgita a souri de son sourire radieux. Elle a décidé de l'accompagner jusqu'aux limites du village.

Pendant que ces deux-là cheminaient à rebours dans la rue centrale, de nombreux habitants sont sortis de leurs maisons. Étaient présents notamment : le paysan avec une oie grasse dans les bras, le vieux Mindagas sous son parapluie noir, le jeune homme chétif claudiquant sur sa béquille ainsi que deux hommes venus avec un accordéon pour l'un et un violon pour l'autre.

Si les villageois avaient suivi Hal avec une curiosité quelque peu maligne lors de son arrivée, ils semblaient à présent le voir partir avec regret. Les deux musiciens se sont placés juste derrière Hal et Jurgita et ont entamé une poignante mélodie d'adieu. Portés par la musique, les villageois qui marchaient à leur suite ont pris une mine grave. Seuls les chiens du village ne se sont pas mis au diapason, courant en désordre dans les champs enneigés, queues battantes.

Parvenus au bout du village, Jurgita et Hal se sont dit adieu. Hal a ensuite salué chacun de ceux qui l'avaient accompagné, non seulement le paysan avec son oie dodue dans les bras, le vieux Mindagas au parapluie noir, le jeune homme chétif, mais également tous les autres villageois et tous les enfants, concluant ses saluts par deux poignées de mains aux deux musiciens qui jusque-là n'avaient pas cessé de jouer.

Un paysan s'est détaché du groupe et a offert à Hal une paire de raquettes, lui expliquant qu'elles simplifieraient son retour. Hal a accepté en remerciant et a pris la route. La neige ne cessait de tomber sur les champs.

Arrivé à la chapelle, Hal s'est arrêté et a jeté un regard en arrière. Au loin, comme un mirage, le village aux contours imprécis flottait dans le vide. Hal a posé sa valise et a chaussé les raquettes. Alors il a évalué le trajet qu'il devrait accomplir. Sur la neige devant lui se succédaient des fosses, les empreintes de ses propres pas laissées quelques heures plus tôt. Peu à peu la chute continue de neige les comblait et les effaçait.

Hal a débuté le chemin du retour le long des fosses, tout en évitant de marcher dedans. La progression s'est avérée nettement plus facile avec les raquettes.

Assez vite est apparu le sommet de la colline que l'homme avait escaladé avec sa vieille horloge. Celle-ci se trouvait toujours à sa place, boîtier ouvert, en revanche l'homme lui n'était nulle part. Hal a réfléchi, savoir où il avait pu disparaître, avait-il simplement quitté les lieux après avoir déposé son fardeau ? Se pourrait-il que l'homme ait chuté dans la neige ? Tombé dans un trou, y avait-il pataugé jusqu'à ce que le froid le prenne et que le gel le tue ? Mais Hal a abandonné là ces hypothèses, il ne devait pas tarder car l'obscurité approchait.

Hal en avait fini du chemin et a retrouvé la nationale où Jonas l'avait laissé. Le soir tombait, la route était déserte. Hal est resté planté au bord, impuissant. Quand il a aperçu, au loin, deux phares qui venaient vers lui. C'était un minibus jaune, un modèle hors d'âge, avec l'avant bombé.

Agitant les bras comme un forcené, Hal s'est précipité au milieu de la route. Le bus s'est arrêté devant lui, le moteur grondait et rugissait comme épuisé d'avoir effectué un trop long voyage. Heureusement pour Hal, le bus se rendait à Vilnius.

Hal est monté.

Le front appuyé contre le carreau froid, Hal a regardé distraitement le paysage qui défilait, alternance de bois et de champs sombres enneigés. Parfois le bus traversait un village, à peine visible sous le manteau des ténèbres.

Il était dix-neuf heures quand le bus a atteint Vilnius. Du moins, c'est ce qu'indiquait la montre de Hal. Son impression était plutôt que la nuit était déjà bien avancée, les rues verglacées étaient vides.

De la gare routière, Hal a rapidement parcouru le chemin jusqu'à l'Hôtel Užupis. Le salon du rez-de-chaussée avait été transformé en piste de danse, envahi par une musique bruyante dans une ambiance très gaie. Le visage de Hal était marqué par la fatigue quand, couvert de neige, il a pénétré dans le hall.

Il s'est adressé au réceptionniste pour savoir si quelqu'un l'avait réclamé ou avait laissé un message pour lui. Mais non, ni visite, ni message, ni appel. Alors Hal est ressorti de l'hôtel.

Il s'est dirigé vers le théâtre municipal qu'il a rejoint sans difficulté ; il avait pris soin de bien inscrire dans sa mémoire l'emplacement du théâtre qui figurait sur le programme donné par Alvydas le matin même. Il était dix-neuf heures cinquante-cinq quand il est arrivé à destination. Juste à temps pour le spectacle.

Avant d'acheter sa place, Hal a jeté des regards autour de lui. Il semblait chercher quelqu'un, Alvydas sans doute. Mais ce dernier n'était pas visible. Hal s'est dit qu'il devait être occupé aux derniers réglages avant le lever de rideau. Sur cette pensée, Hal est entré dans la salle.

La salle était assez spacieuse. Elle possédait un balcon mais en raison du petit nombre de spectateurs, l'accès à l'étage était interdit. Quarante, peut-être cinquante personnes étaient assises en bas. Elles attendaient le début du spectacle.

Hal a examiné le public. Sans doute avait-il en tête l'idée d'apercevoir Alvydas, mais celui-ci n'était pas parmi eux. Personne non plus au balcon.

Les lumières se sont éteintes et le rideau s'est levé.

La première scène se déroulait sur un quai de gare, en ville. Des familles attendaient leur train avec de volumineux paquets. Pour Hal qui ne comprenait pas un mot aux dialogues, la situation était incompréhensible. Peut-être ces gens étaient-ils forcés de se rendre dans un pays lointain, en Sibérie par exemple ?

Un ivrogne s'est avancé, cherchant querelle aux gens qui attendaient le train. Une mère de famille, corpulente, l'a tancé vertement – semblait-il – déclenchant les rires des autres personnes du quai. Chassé par eux tous, l'ivrogne a entamé un long monologue. Dans la salle, des spectateurs riaient. La raison de leurs rires restait inintelligible pour Hal.

À ce moment-là, un homme est apparu côté cour, il portait une lourde valise. Contemplant d'un air grave les gens sur le quai, il s'est engagé dans un monologue qui ressemblait à la récitation d'un poème. Les projecteurs se sont resserrés sur lui, qui devait être le personnage principal de la pièce.

Le sifflement du train s'est fait entendre. Une annonce a été diffusée. Sur le quai, les gens soulevaient leurs ballots et se préparaient à monter dans les wagons. Alors est arrivée une jeune femme, entre vingt et trente ans, qui courait, hors d'haleine, pour ne pas manquer le départ. Hal s'est dit qu'il pourrait s'agir du rôle féminin principal. Derrière elle est apparu un paysan qui portait son bagage. Le bruit du train qui entrait en gare, soufflant et crachant, est monté progressivement, accompagné du bruit métallique des roues grinçantes, tandis que la lumière baissait progressivement.

La scène est restée dans le noir. Hal en a profité pour regarder le public. Les mines étaient sérieuses. Il a levé les yeux vers le balcon. Alvydas était là, tout seul. Il regardait la scène, sans doute pour juger du rendu depuis la salle.

La lumière est revenue.

Le nouveau décor représentait l'intérieur d'un train.

Les passagers de la scène précédente étaient assis. Tous semblaient sombres. L'homme à la volumineuse valise que Hal avait identifié comme étant le premier rôle était assis au premier plan, face au public. Il lisait un livre. L'ivrogne, debout dans le couloir, a débité un long monologue tout en tétant une bouteille de vodka. De temps en temps, des rires fusaient dans la salle. Hal s'est tourné vers le balcon, Alvydas, menton sur la barre d'appui, scrutait la scène.

Justement, la femme qui semblait tenir le premier rôle féminin avançait dans le couloir du train factice quand, arrivant au niveau de l'homme qui lisait, elle a eu un sursaut. Apparemment ravie, elle s'est adressée à lui — qui pour autant ne paraissait pas la reconnaître.

Leur dialogue a duré un moment.

Derrière eux, un homme s'est levé et a entamé un air sur un instrument de musique traditionnel lituanien. Tous les passagers se sont levés et ont regardé dans sa direction. Pendant que la musique jouait, la femme continuait de parler à l'homme. Et Hal a cédé à la somnolence qui l'envahissait. À croire qu'il ne s'était pas encore fait au décalage horaire. Avoir bravé les champs de neige pour une escapade à Adutiškis, près de la frontière biélorusse, n'avait certes rien arrangé. Hal était épuisé. Bientôt, il dormait profondément.

Le vol des oiseaux couvrait l'espace. L'homme debout à côté d'une horloge sur une colline enneigée fixait le ciel. Au milieu des oiseaux, en plein ciel, flottait le drapeau de la République d'Užupis. Hal a rouvert les yeux d'un coup. Sur la scène, une femme dansait dans le couloir du train, accompagnée par les autres passagers qui frappaient en rythme dans leurs mains. Quelques spectateurs aussi ont applaudi en cadence.

Des hauteurs du plateau est descendu un ange qui s'est posé doucement sur la scène. L'ange s'est adressé aux passagers du train. Hal a cherché Alvydas au balcon. Il y était encore, guettant d'en haut les réactions du public à sa mise en scène. Hal s'est vite retourné vers la scène, pour éviter d'être vu d'Alvydas.

Le personnage principal, toujours assis au premier rang, écrivait dans un cahier, absorbé, concentré, solennel. Il était peut-être en train de composer un poème. Les lumières ont convergé sur lui, il y avait eu la scène dansée, l'arrivée de l'ange, tout cela pouvait très bien être l'illustration du poème auquel il travaillait. Un sommeil profond a avalé Hal d'un coup.

Combien de temps s'était-il écoulé ? Sur scène le héros, seul le long d'une route nationale qui transperçait les champs étendus à perte de vue, tenait à la main une volumineuse valise. Il avait l'air d'attendre un bus. La chose qui a frappé Hal, c'était le réalisme du décor, comment diable le décorateur s'était-il débrouillé pour obtenir ce rendu, on avait vraiment l'impression de se trouver dans un tournage de film. Hal a relevé brutalement la tête comme s'il allait poser sa question à Alvydas. Quand au même instant deux bandits ont surgi sur les planches. Pistolets aux poings, ils menaçaient les passagers jusqu'à découvrir, au premier rang, notre héros. Leur comportement a alors changé du tout au tout, le respect les avait confondus. Hal, quant à lui, était pour la troisième fois envahi et vaincu par le sommeil.

Le temps a passé.

Ce sont les soupirs des spectateurs qui ont tiré Hal de son sommeil. Parfaitement réveillé, il a levé la tête. Sur la scène, le héros à la grosse valise attendait un bus. Le décor représentait une nationale et des champs. Mais sur scène ni la route ni les champs n'étaient réalistes, plutôt grossiers. Hal s'est rendormi.

Peu de temps après, des applaudissements ont éclaté, tirant subitement Hal de ses songes. Sur scène le rideau était tombé et les lumières de la salle se rallumaient déjà. Hal a jeté un coup d'œil furtif derrière lui, vers le balcon. Alvydas était toujours à sa place, seul. Soulagé, Hal s'est retourné vers la scène et a applaudi avec le public. Après la remontée de rideau, les comédiens sont sortis les uns après les autres pour saluer. À chaque révérence d'un acteur, les applaudissements montaient d'un cran.

Hal s'est levé, a pris son énorme valise et a monté les marches menant au balcon.

« *Hey*, Hal ! »

Alvydas était visiblement enchanté de retrouver Hal. Ce dernier s'est avancé et a serré la main qu'on lui tendait.

« Alvydas, tu es un génie ! »

Au compliment de Hal, Alvydas a opposé l'expression d'une pudeur qui ne dissimulait en rien sa joie intérieure.

« Pas du tout, pas du tout, allons. Dis-moi, est-ce que tu as pu saisir la trame de l'histoire ?

— Pas en détail, bien entendu. De fait je ne pouvais pas comprendre les mots. Mais pour les grandes lignes de l'histoire, ça allait, j'ai pu suivre. Et ça, c'est aussi parce que la pièce a une structure carrée, parfaite. Et les comédiens donc ! Un jeu impeccable, avec ce qu'il faut pour rendre le pathos de la pièce. L'acteur qui joue le rôle principal m'a franchement impressionné. »

Alvydas a hoché la tête, approbateur.

« Aleksandr est un grand comédien, tu sais. Il a remporté le premier prix de comédie au Festival du théâtre de Saint-Pétersbourg.

— Cela dit, le meilleur comédien ne peut rien sans un grand texte. »

Alvydas a approuvé avant d'interroger Hal :

« Dis-moi, y a-t-il quelque chose que tu n'as pas aimé dans cette pièce ? »

Hal est resté pensif avant de se risquer, précautionneusement :

« Franchement, je l'ai trouvée presque parfaite. Sauf une chose peut-être… »

Alvydas, visage tendu, écoutait de toute son attention. Hal a hésité avant de reprendre, toujours avec prudence :

« Une chose. Ce que je veux dire, c'est que dans les créations contemporaines, au théâtre ou au cinéma, les metteurs en scène ont plutôt tendance à éviter la voix intérieure.

— Qu'est-ce que tu veux dire par là ? »

La voix d'Alvydas vibrait de curiosité. Hal a continué, marchant sur des œufs :

« Par exemple, la scène du train. Les gens dansent, l'ange descend, l'éclairage fait focus sur le héros qui compose. C'est ce qu'on pourrait appeler la voix intérieure. On est plongé dans le for intérieur du protagoniste. En ce sens, on pourrait dire que le monologue, cette antique figure de style, est une sorte de voix intérieure. »

Quand Hal s'est tu, le visage d'Alvydas s'est éclairci d'un coup et il a poussé un cri de joie, comme si soudain tout était clair pour lui.

« C'est une façon de voir absolument passionnante ! Très originale, avec ça, je n'y avais jamais pensé ! »

Hal a repris :

« Mais je ne pense pas que ce soit un défaut de la pièce. C'est juste que, me semble-t-il, les auteurs contemporains modèrent l'usage de la voix intérieure pour laisser le public comprendre par lui-même, voilà.

— Tu as absolument raison, c'est exactement ça !

— Il est vrai que construire une histoire uniquement d'un point de vue extérieur, excluant toute voix intérieure, paraît difficile. D'ailleurs c'est peut-être pour ça que le théâtre contemporain a détruit jusqu'à l'histoire. »

Alvydas souscrivait avec vigueur à la démonstration de Hal.

En bas, les spectateurs quittaient peu à peu la salle. Contemplant d'en haut les sièges qui se vidaient, Hal a demandé :

« Comment se porte Vilma ?

— Sur le plan de la santé, elle est hors de danger. On m'a dit qu'elle pourrait quitter l'hôpital dès demain. Il faudra qu'elle se repose chez elle un certain temps, bien sûr.

— C'est une bonne nouvelle, a soupiré Hal, soulagé.

— Tu n'es aucunement responsable de ce qui est arrivé. Là-dessus, Inga est tout à fait d'accord avec moi. Elle m'a dit que vous vous étiez parlé hier soir.

— Je suis heureux que vous compreniez, a dit Hal avant d'ajouter, hésitant : Pourrais-je la voir ? »

Alvydas a réfléchi un moment.

« Pourquoi voudrais-tu la voir ?

Hal peinait à donner une réponse. Il a balbutié :

« Parce que... même si ce qui s'est passé n'est pas de ma faute... je pense avoir une part de... de responsabilité morale...

— Une responsabilité morale ? Eh bien, le simple fait que nous soyons au monde implique peut-être une responsabilité morale de notre part envers les autres, certes. »

Alvydas a sorti ça avec un petit rire creux. Puis il a piqué une question au cœur de Hal :

« Et comment penses-tu répondre à cette injonction morale ? Tu ne penses tout de même pas que ce serait en allant voir Vilma et en lui glissant des mots réconfortants, que tu t'exonérerais de ta... responsabilité morale ? »

Anéanti, Hal a répondu mollement :

« Tu as certainement raison. Même si j'allais la voir, ça ne changerait rien, je ne peux rien pour elle. »

Le temps des adieux était venu. L'équipe du théâtre et la troupe cherchaient Alvydas. Ils se sont serré la main. Alvydas a suggéré qu'ils se reverraient peut-être une autre fois, Hal a répondu avec un pâle sourire que pourquoi pas.

Quand Hal a quitté le théâtre, la neige tombait fort, au point que la visibilité était quasi nulle. Des spectateurs qui comme lui quittaient le théâtre s'échinaient à déneiger leur pare-brise, d'autres poussaient leur voiture qui ne voulait plus démarrer.

Hal est resté un moment perdu à contempler cette scène où la neige ensevelissait les rues. Enfin il s'est décidé et a marché d'un bon pas dans n'importe quelle direction.

Au début, il a paru réellement égaré, mais finalement c'est sans trop se tromper qu'il a retrouvé le Mano Kabina, où il est entré.

Hal s'est rendu au bar pour demander au grand jeune homme aux cheveux blonds si Zoja avait fini son service. Le serveur a répondu que oui. Hal a alors commandé une pálinka. Il aurait voulu du papier à lettres, était-ce possible ? Le jeune homme blond lui a proposé une dizaine de feuilles A4 tirées de sous le bar. Que Hal lui rende ce dont il n'aurait pas eu besoin. Hal a remercié et a pris place à la table qu'il avait occupée avec Rimas l'autre soir.

Là, il s'est mis à écrire.

Mon cher ami Rimas,

Près de deux jours se sont écoulés mais aucun des messages que j'avais laissés pour toi n'a été réclamé et tu ne m'en as pas laissé. Je présume que tu auras pris le bus pour Chişinău hier matin. Si tel est bien le cas, le bus doit à présent suivre une route enneigée à travers la forêt dense. Ne m'as-tu pas dit qu'il fallait compter au moins trois jours pour se rendre à Chişinău en passant par Varsovie ?

Ici, la neige tombe fort. Si cette tempête était arrivée deux jours plus tôt, elle t'aurait empêché de quitter Vilnius et je n'aurais pas eu à écrire cette lettre. Si j'ai des regrets, c'est par pur égoïsme.

Mon intuition me dit que tu te trouves en ce moment dans le bus. Si elle ne se trompe pas, je ne sais pas si tu auras un jour cette lettre. Encore que je n'exclue pas la faible chance que tu reviennes à Vilnius l'an prochain et que, après diverses coïncidences improbables, cette lettre tombe entre tes mains. Donc en dépit des très faibles probabilités que tu lises jamais ce courrier, il fallait que je te l'écrive pour te dire deux choses.

Tout d'abord, je prie de tout mon cœur pour que ton frère en Moldavie se rétablisse et recouvre la santé.

Tu disais qu'il était trop tard. Ce que je voudrais te dire, c'est qu'il ne faut jamais céder aux conclusions trop rapides. J'ai dans mes connaissances un homme qui a été diagnostiqué d'une tumeur au cerveau et qui est toujours vivant et bien portant. La tumeur ne s'est pas développée. Et ce n'est pas un cas isolé. J'ai lu quelque part que les cellules cancéreuses, pour une raison mystérieuse, peuvent parfois arrêter leur processus de croissance et de métastases. Donc je te le dis, il ne faut jamais renoncer, toujours garder espoir. Je te serais reconnaissant de bien vouloir transmettre cet avis à Donata et à tes neveux.

Second point. Toute la journée j'ai été poursuivi par une idée fixe : te faire part de la triste nouvelle concernant mademoiselle Vilma, une nouvelle que j'ai reçue ce matin d'Alvydas, talentueux dramaturge et metteur en scène lituanien.

Selon lui mademoiselle Vilma a tenté de se suicider la nuit dernière. (Ne t'inquiète pas, je t'en prie, Alvydas m'a rassuré tout à l'heure, elle se porte aussi bien que possible et elle sortira de l'hôpital demain.)

Je ne sais pas moi-même pourquoi mademoiselle Vilma a cherché à commettre un tel acte, je n'ai pas pu lui rendre visite jusqu'à présent.

J'ai estimé qu'il était de mon devoir de lui rendre visite à l'hôpital, ne serait-ce que par l'amitié qui nous lie toi et moi, mais Alvydas m'en a dissuadé de la façon la plus ferme. Il m'a fait comprendre que non seulement ce ne serait d'aucune aide pour elle, mais qu'au contraire une telle visite pourrait lui coûter. Je pense qu'il y a du vrai dans l'opinion d'Alvydas. À ce stade, ce dont mademoiselle Vilma a besoin c'est avant tout de repos psychologique. Voilà pourquoi je ne lui ai pas rendu visite.

Dans un premier temps, il semblerait qu'Alvydas ait pu penser que j'avais quelque rapport avec le geste désespéré de mademoiselle Vilma. Elle aurait subi un choc terrible quand j'ai dit que je ne l'épouserais pas, alors que j'avais vu le chef du bureau des ressortissants étrangers au ministère des Affaires étrangères qui m'avait délivré une autorisation de mariage. Heureusement depuis Alvydas a réalisé son erreur, tout comme Inga, la sœur de Vilma. Et je voudrais vraiment que toi non plus tu ne te méprennes pas sur ce sujet.

Le serveur blond est arrivé avec la pálinka. Hal a vidé le verre d'un trait, puis a dirigé son regard vers la fenêtre. Au dehors, la neige continuait de tomber toujours aussi dru. Derrière le lourd rideau de neige, le mur au mortier écaillé et aux briques nues était invisible. Hal a repris sa lettre.

Une bonne heure plus tard, sa main s'est arrêtée. Hal a relu sa lettre, a noté la date et l'heure, a terminé en signant. Puis il l'a pliée et l'a glissée dans sa poche intérieure avant de se lever.

En sortant du Mano Kabina, Hal a pris la direction de l'Hôtel Užupis.

À l'hôtel, il s'est enquis auprès du réceptionniste d'éventuels messages ou visiteurs. Mais rien, lui a-t-il dit. Hal a demandé s'il pouvait avoir l'enveloppe qu'il avait laissée le matin. « Bien sûr », a répondu l'homme en la lui tendant.

Le message et la lettre étaient bien là, intacts. Hal y a ajouté le courrier qu'il venait de rédiger au Mano Kabina. L'enveloppe commençait à prendre de l'épaisseur. Il l'a scellée et a écrit dessus : *À mon ami Rimas*. Puis il l'a remise au réceptionniste.

« Si quelqu'un vient pour moi, pourriez-vous lui transmettre ceci ?

— Bien entendu, monsieur, a répondu l'homme en prenant l'enveloppe.

— Eh bien, adieu, a dit Hal.

— Bonne chance, monsieur », a dit le réceptionniste.

Dehors, la chute de neige était telle que Hal n'y voyait pas à deux pas. Pourtant il s'est remis en route, et s'est rapidement égaré. À force de se perdre dans les rues sombres entrelacées, il s'est trouvé soudain face à la Vilnia. La nuit était déjà très avancée, les rues étaient vides.

Au bord de la Vilnia, Hal s'est arrêté et a regardé autour de lui, cherchant à se situer par rapport à la ville. Mais il y avait trop de neige et il n'a pas pu y parvenir.

Dans le noir, au même moment, quelqu'un s'est avancé à sa rencontre. Hal était à la fois ravi et terrifié, c'est pourquoi il a toussé fort exprès avant de questionner :

« Qui êtes-vous ? »

Mais la personne qui s'approchait était silencieuse, pas un mot, pas une toux. Seuls sont revenus à Hal les échos de sa propre voix, sans doute amplifiés par la neige qui recouvrait la ville.

« Je suis perdu. Où suis-je ? » a-t-il crié.

À nouveau, il n'a reçu que l'écho pour réponse. À l'abri de sa poche, Hal a glissé son index dans la détente du revolver.

L'homme qui continuait de marcher vers lui a pris forme, sous la faible lueur d'un lampadaire, et Hal a distingué un homme d'âge moyen, qui devait mesurer près de deux mètres si ce n'est plus. Heureusement, aucune agressivité n'émanait de sa personne. Ses joues étaient creuses et ses épaules voûtées. Hal a pensé à un chômeur ou peut-être un exilé qui aurait passé de nombreuses années en Sibérie, déporté pendant l'Occupation.

À voir l'état d'épuisement et d'engourdissement de l'homme, Hal n'a plus osé rien dire. C'est aussi pour cette raison, probablement, qu'il s'est effacé pour laisser passer l'homme, avec une certaine crainte mêlée de respect. L'homme est donc passé devant lui et s'éloignait déjà dans la nuit.

Quand une voix a surgi dans le noir :

« Hal ? C'est bien toi, Hal ? »

Un frisson a parcouru la colonne vertébrale de Hal. C'est qu'il venait d'entendre parler non pas anglais ni lituanien, mais užupisien. Et l'homme qui avançait dans l'obscurité semblait avoir suspendu ses pas. Il s'est tourné vers Hal et Hal a crié dans sa direction :

« Est-ce vous qui avez parlé ? »

La question de Hal était sortie en anglais, pas en užupisien. Hal a tenté de répéter sa question en užupisien mais a été incapable de prononcer la moindre syllabe. Alors la même voix a interrogé, dans la langue d'Užupis :

« Hal, est-ce bien toi ? Tu es revenu ? C'est bien ça ? »

L'homme dans la nuit ne faisait que fixer Hal, sans le moindre mouvement. Hal ne pouvait croire que c'était lui qui venait de parler. C'est pourtant vers lui que Hal a crié encore :

« Comment me connaissez-vous ? »

Une nouvelle fois, les mots de Hal étaient sortis de sa bouche en anglais. Hal paraissait comprendre la langue d'Užupis mais être incapable de la parler.

« Je m'appelle Urbonas, je savais que tu reviendrais, a dit la voix dans le noir.

— Urbonas ! » s'est exclamé Hal, tremblant de surprise et de joie.

Juste à cet instant, une voiture de police en patrouille, tous feux allumés, est apparue à l'autre bout de la rue.

L'apercevant, l'homme s'est fondu presque aussitôt dans l'obscurité tandis que Hal suppliait après lui :

« Attends ! Attends juste un peu ! »

L'homme avait disparu dans la nuit.

« Urbonas ! Urbonas ! »

Durant près d'une heure, Hal a erré dans les rues sous la neige avant de s'engager enfin dans une ruelle faiblement éclairée. Il s'est arrêté brièvement sous la lumière d'un lampadaire, a sorti la feuille de Jurgita que le paysan avec l'oie lui avait remise la nuit précédente, l'a dépliée et l'a étudiée attentivement. L'examen achevé, il s'est remis à marcher et, peu après, il est arrivé dans la cour de l'immeuble de Jurgita.

Hal a foulé le blanc tapis de neige et est entré dans le bâtiment. Il a ensuite gravi l'escalier jusqu'au troisième étage à la seule lumière d'une ampoule nue.

Devant la porte de l'appartement, il a d'abord ôté sa chapka et l'a secouée pour enlever la neige. Il a fait de même avec son manteau. Après quoi il a frotté ses pieds sur le paillasson. Là seulement il a appuyé sur le bouton de la sonnette. Sans réponse. Après une brève attente il a réitéré, cette fois-ci plus longuement. Mais toujours sans réponse.

Alors, après une nouvelle courte attente, il a procédé comme Jurgita la nuit précédente, il a tâtonné le long du mur, a délogé une brique, a mis sa main dans le trou. La clef de l'appartement était froide au bout de ses doigts.

Enveloppé dans la nuit, l'appartement de Jurgita était silencieux. Avant de pénétrer au salon, Hal a tamponné des pieds le tapis dans l'entrée. Le long du mur il a cherché l'interrupteur et a fait le jour dans la pièce.

L'appartement était vide. Dans le salon il ne restait qu'un vieux fauteuil fatigué et une petite table. Le drapeau qui était accroché au mur, les photos dans les cadres sur le linteau de la cheminée, tout le reste avait disparu.

Hal est entré dans la chambre où il avait passé la nuit d'avant avec Jurgita. Là aussi, une pièce vide. De la poussière sur le parquet. L'appartement donnait l'impression de n'avoir pas été habité depuis des lustres. À la vue de cette pièce nue Hal a secoué la tête, comme si tout cela était prévisible. De retour dans le salon, il a posé sa chapka et a mis son manteau sur le dos du fauteuil. Et il s'est assis.

Hal est resté un bref moment à réfléchir, avant d'ouvrir sa grosse valise. S'y trouvaient toutes les affaires qu'il avait transportées ces derniers temps, parmi lesquelles Hal a d'abord sorti l'urne funéraire enveloppée dans un tissu noir et la photographie mortuaire de son père qu'il a mises sur la petite table. Il y a aussi placé la rose rouge qu'il avait achetée à Marija deux jours plus tôt.

Après une pause, Hal a fouillé dans sa poche et sorti le revolver. D'une autre poche il a extrait la boîte de munitions.

Maître de ses gestes, il a pris une poignée de balles et a chargé le revolver avec six d'entre elles, les autres il les a remises dans la boîte. Il a tourné une fois le barillet comme s'il jouait à la roulette russe, a placé le canon contre sa tempe et a appuyé aussitôt sur la détente.

Dans un bruit sourd, Hal s'est abattu sur le sol. Il est mort la bouche ouverte, ses yeux regardant dans le vide, comme s'il voyait enfin le ciel de sa patrie.

Le lendemain matin la neige tombait toujours dans la cour de Jurgita. Les policiers lituaniens ont sorti sur un brancard, recouvert d'un drap blanc, le corps d'un homme asiatique dont l'identité n'avait pu être établie. Ils l'ont chargé dans une voiture aux lumières clignotantes.

Après ce fait divers, un printemps, un été, un automne, tous aussi brefs, sont passés jusqu'à la venue d'un long hiver. Un jour, Jurgita a sorti les affaires que Hal avait laissées dans sa valise et les a rangées dans des meubles vitrés. Comme elle achevait ce rangement, elle a entendu le cri de son bébé qui se réveillait. Elle s'est dépêchée près du berceau et a pris le nourrisson dans ses bras. Jurgita s'est assise dans le fauteuil fatigué, l'endroit où Hal s'était assis pour la dernière fois. Elle a déboutonné son chemisier, a sorti un sein, si beau, si généreux, et l'a donné à son bébé. Le bébé s'est mis à le téter avidement.

Au même instant, venant de quelque part, l'hymne national de la République d'Užupis, triste et solennel, a envahi le salon. Derrière la fenêtre, la neige tombait. Allaitant son bébé, Jurgita a murmuré :

« Gerdihal, oh mon fils Gerdihal… »

Des larmes coulaient de ses grands yeux clairs.

Table des matières